JN255077

異世界大家さんの下宿屋事情

登場人物
紹介
ヨツバ
下宿屋の庭に
迷い込んできた、
ナゾの獣。
トゥトゥに反抗的。
トゥトゥ
異世界に転生し、
前世の記憶を活かして
両親の料理屋を手伝う看板娘。
祖母への恩返しのため、
下宿屋を継ぐことを決意するが……
ユオ
滞在期間が最長の下宿人。
トゥトゥに吸血鬼だと
思われているが、
その正体は……？

コーネリア
下宿人の一人。人魚の王女。
キレやすい性格で、
ニキビと肥満に悩み中。
シュティ・メイ
下宿人の一人。有翼人（ハーピー）。
無口、無表情で、
植物の世話が日課。
タルジュ
イリクサールを追って
下宿屋へやってきた騎士。
イリクサール
下宿屋の庭に隠れていた少女。
何者かに追われている。

プロローグ

真っ白な漆喰（しっくい）の壁面が夕日に照らされ、街がオレンジ色に染まる。初めて訪れたものは、この美しい景色を前に必ず足を止め、見惚（みと）れる。オレンジ色の海に沈んだような街を見守りながら、太陽が水平線に消えていく。

ちょうどその頃、仕事を終えた人々は帰路につく。

家々から立ち上る夕食の匂いに、仕事で疲れた彼らは足を速める。

今日の夕飯はなんだろうか——と胸をときめかせている人々が、不思議な香りに鼻をくすぐられ、つい足を止めてしまう屋敷があった。

アズムバハル国で一番賑（にぎ）わっている王都の街道から、幾分（いくぶん）離れた通りにある、下宿屋である。

「ただいま」

「おかえりなさい、夕飯の支度できてますよ」

新米大家が出迎えると、帰宅した男はのんびりとした足取りで炊事場に入ってくる。

「ほう、今日の夕飯は何かな？」

男に夕飯を披露していると、リビングから金切り声が聞こえてきた。

「ちょっと狭いんだけど！　その羽、早く仕舞って！」

「……」

リビング兼食堂にあるダイニングテーブルでは、すでに二人の下宿人が食事をとっていた。髪の長い美しい女と、その女に文句を言われながら無言で食事をする白髪の男だ。白髪の男は、女の金切り声などどこ吹く風というように、全く気に留めていない。

テーブルの下には、盛られたご飯にがつがつと食らいついている小さな獣もいる。帰ってきた男も合わせて、三人と一人。それがこの下宿屋の住人の数だった。

「また騒いでおるのか。おぬしも早くその贅肉を仕舞え。ハムとして食卓に並ぶ気か」

「なんですって⁉」

遅れて帰ってきた男がリビングに入るなり、からかいの言葉を女に投げつける。女はいきり立ってテーブルを叩いた。その振動で食べ物がこぼれないように、目にも留まらぬ速さで白髪の男が食器を持ち上げる。

新米大家は大急ぎでリビングへ飛んでいくと、腹に力を込めて大声で叫ぶ。

「リビングでは⁉」

「喧嘩をしない」

下宿屋に定められたルールのうち、一番最初の項目を復唱した下宿人たちを見て、新米大家は「よし」と大きく頷いた。

ここまでルールを覚えさせるのに、どれほど苦労したことか――個性豊かな下宿人たちは、一から十まで自分の動きたいようにしか動かない。新米大家はこの下宿屋に来て、何度頭を抱えたかわからなかった。

自(みずか)らの苦労を振り返りつつ、炊事場へと戻る新米大家は、しばし目を閉じて、今は亡き祖母に語り掛けた。

――前略、天国のおばあちゃんへ。

おばあちゃんにこの下宿屋を託(たく)されてから、ようやくふた月が経とうとしています。

第一章

「トゥトゥ、こっちにもビール追加！」

「もー！　今縫い物で忙しいんだからまとめて注文してください！　全く、ミシンないの、ミシン！」

　こうバラバラと注文されちゃ、終わるものも終わらない。この世界にミシンがないのはわかりきっているが、トゥトゥは叫ばずにはいられなかった。

　店の隅で常連客に頼まれた繕い物をしていたトゥトゥは、持っていた針を針山に乱暴に刺す。

　開け放たれた窓の向こうに見えるのは、青く澄み切った空。若葉が茂った木々は、厳しい冬が過ぎ去ったことを皆に伝えていた。

「みしんって何だ！」

「まぁた、〝石のかまど〟の看板娘がわけわからんこと言ってらぁ」

　ギャハハハ、と品のない笑いが店に満ちる。

　――トゥトゥには生まれた時からおかしな記憶があった。

　それは多分、前世と呼ばれるものだろう。

　前の生でトゥトゥは、日本と呼ばれる国に生まれ育ち、今では考えられないような贅沢な生活を送りながら、ＯＬとして働いていた。

　コンビニや水道、電車にテレビに携帯電話。そんな便利なものに囲まれて生活していた記憶を持ったまま生まれ変わったトゥトゥ。今叫んでいた「ミシン」も、もちろんあちらの記憶のものだ。

　あちらの世界での記憶が鮮明に残っているため、トゥトゥは今の人生や、この世界に馴染むのに時間を必要とした。

　生まれ変わったトゥトゥが育ったのは、言うなれば、ＲＰＧに出てくる始まりの村のような場所だった。自然に囲まれた場所に、ポツンと集落があるだけ。男たちは交代で鉱山へ。女たちは、毎日汗水流して畑を耕し、羊や鶏の世話をして、家で糸を紡いでいたら一日が終わるような――そんなのどかな、だけど厳しい世界。

　窓の外を見れば、なだらかな稜線にかぶさるように雲が浮かんでいる。そして山を掘り進めたトンネルからは、冷たい風が吹き抜ける音が響いていた。鉱石が豊かなこの地帯の山々は、どこもかしこも穴だらけだ。

　掘った鉱石は、定期的にこの村にやってくる隊商が街まで馬車で運搬したのち、船で輸送される。隊商は年に何度もやってくるが、村人たちはその度に彼らを歓迎した。なぜなら、隊商が来れば、鉱山の男たちにたっぷりと現金が入るからだ。その金を手に、村の中心部の、とある一軒の料理屋にやってくるものが多い。

　そこは、この地方の木と石で作られた料理屋、〝石のかまど〟だ。真昼間から杯を傾け顔を赤らめている常連客に、トゥトゥは愛想を振りまいた。

「ハイっビール！　お代は即時いただきます！」

注文された席にドンッと置きながら、トゥトゥは手のひらを差し出す。木製の簡素なテーブルに、ビールの泡がぴちゃりと飛んだ。

「はいはい、看板娘様！　そう急(せ)かさなくてもちゃんと払いますよ！　ったくおっかねえなぁ」

客は懐(ふところ)から財布の巾着(きんちゃく)を取り出すと、トゥトゥに硬貨を放り投げた。

「おやっさん、娘の育て方間違えたんじゃねえか？」

トゥトゥは硬貨をしっかりと受け取ると、仕事用のエプロンのポケットに突っ込んだ。

「まいど！　それ以上言うとセクハラで親方さんに訴えるから」

「今度はなんだ？　なにはら？　んな意味わからんことばっか口走ってるから、二十四にもなって、嫁の貰(もら)い手一つもないんだよ、お前は！」

常連客の言葉に父は肩をすくめる。援護の一つもよこさない父をトゥトゥは睨(にら)みつけるが、父は素知らぬふりで炊事場へと戻っていった。

料理修業の旅に出た父が、母と運命の出会いを果たして二十数年——

二人は王都から遠く離れた鉱山のふもとに料理屋を開き、そこでトゥトゥを育てた。鉱山の男たちは体つきも言葉遣いも厳(いか)つい。並の女子供なら縮み上がりそうな声量だが、ここで育ったトゥトゥにとっては慣れたものである。

トゥトゥはビールと一緒に持ってきた皿をこれ見よがしに差し出した。

「あーあ。いっつも来てくれるおじさんたちに新商品食べてもらいたかったのになぁ。残念だなぁ」

「おーっと、トゥトゥちゃん。今日もでけえいい尻してんなぁ。よっ！　村一番の色女！」

「褒められてるか微妙だなあ！　っもう！」

　これ以上のお世辞は期待できそうにない。トゥトゥは料理の盛られた皿をテーブルの上に置いた。年甲斐もなく、ウキウキと皿の中を覗き込んだ大男たちは、料理を見て顔を顰める。

「……あんだこりゃ」

「特製！　トゥトゥ式チーズチヂミよ！」

　皿の上には、色とりどりの野菜とチーズを混ぜたチヂミが盛られていた。

　たっぷりの油で――とはいかなかったが、そこそこの量の油でも、カリッモチッとでき上がった。醤油の代わりに、昆布のだしと、ごま油や塩で味を調整したタレを付けていただく。味見をしたトゥトゥも大満足の一品である。

「……こないだの酸っぱいポリポリした野菜は食えた。野菜で包んだ肉もだ」

「ピクルスとロールキャベツね」

「平べったいべちゃべちゃのパスタみたいなのも、まあ食えたよな」

「それはうどん」

　常連客たちは、いつも最初は見た目で嫌がるが、最後はバクバク食べておかわりまでするのだ。

「けどなんだこりゃ！　吐いたもんを固めたような……きっもちわりいな！　食えるか！」

「おい親父！　ここはいつから客にこんなもん食わせるようになったんだ！」

大声で怒鳴る男たちに青筋を立てたトゥトゥは、腰に手を当てて腹から声を出した。

「文句あるなら、食わんでよろし！」

男たちは口をつぐんで皿を見つめると、互いに視線を交わし合う。『お前食えよ』『お前が先に食え！』と視線だけで争っている男たちに、隣のテーブルから声がかかる。

「トゥトゥの新作なら、俺らが食ってやってもいいんだぞ！」

ほら見ろ！　と胸を張るトゥトゥを押し退(の)けて、常連客の男は皿を見せつけた。

「お前らこれ見ろ！　これが食えるってのか！」

「……」

男の持つ皿を見て、隣のテーブルの客が口をつぐむ。

「えーそんな変な見た目かなぁ。お好み焼きとかも一緒じゃん」

「なんだその、オコ……ミヤキってのは！」

大口で笑う男の唾が飛んでこないように、トゥトゥは持っていたトレイで顔を隠した。

「超ヘルシーでお手軽な上、野菜がたんまりとれる主婦の味方、時短料理ですぅ」

けたたましい店内では、トレイの陰でぽつりとつぶやいたトゥトゥの声が聞こえたものはいない。

チヂミと睨(にら)み合いを続ける常連客たちを、トゥトゥは呆れ顔で見下ろす。

「食べるの⁉　食べないの⁉」

チヂミにタレをかけてトゥトゥが迫ると、圧倒された男たちがチヂミをフォークで刺した。

「食えばいいんだろ！　食えば！」

「はい、召し上がれ」

にこりとトゥトゥが微笑むのと同時に、男たちは目を瞑(つむ)ってチヂミを口に入れた。そして、瞼(まぶた)を閉じたまま、もぐもぐと噛んでいる。

父や母は美味(おい)しいと言ってくれたが、この世界の人たちにチヂミは受け入れてもらえないかもなぁとトゥトゥは心の中で焦る。子供も好き嫌いせず食べられる野菜料理として、定番になってくれないかなと期待したのだけど——内心不安になっていたトゥトゥを、ビールを一気飲みした男たちが振り返った。

「……うまい。ビール追加」

「ガッテン承知！」

最高の褒め言葉をもらい、握り拳(こぶし)を作ってトゥトゥが答えた。同時に後ろから「その料理、こっちのテーブルにも！」と注文の声が殺到する。

「ビール追加してもらったし、しょうがない。チヂミはサービスにしとくからね」

「おいおい、金取るつもりだったのかよ！」

笑顔で炊事場に戻ったトゥトゥに父が差し出したのは、大量のチヂミの皿だった。常連客があれだけケチを付けていたのに、トゥトゥの腕なら絶対に大丈夫と信じて作ってくれていたのだ。

トゥトゥは父に抱き付くと、料理とビールを持って店内に戻る。

「ヘイ！　お待ちぃ！」

「なんだその男みたいな言葉遣い。本当にお前は嫁に行く気がないのか」

いつものお小言と代金をもらうと、トゥトゥは他のテーブルに皿を置きつつ、舌を出した。

「お生憎様。もう、お嫁にもらっていただかなくてもよくなったんですぅ」

「お、店でも継ぐんか？」

「よくわかったね！」

トゥトゥは驚いて常連客を見た。常連客も驚いてトゥトゥを見る。

「親父！　体でも壊したのかよ!?」

「トゥトゥの飯はまぁ美味えけど、全部こんなワケわからんもんになったら、たまったもんじゃねえぞ！」

「失敬だな。トウガラシエキス目の下に塗るわよ」

トゥトゥの言葉に男たちは口を閉じた。たまに現れる手に負えない悪漢たちを、トゥトゥが追い払っている方法だったからだ。

「ま、継ぐって言ってもこの店じゃないんだけどさ」

あっけらかんと言ったトゥトゥの言葉に、常連客は首を傾げた。

「王都にあるおばあちゃんのお店を継ぐことになったの」


父の生まれ故郷でもある王都。そこで一人、下宿屋を営んでいた祖母の訃報が入ったのは、先日のことだった。

王都までは、馬車を乗り継いで何日もかかるほど遠い。トゥトゥが生まれた時には、両親はすでにこの料理屋を切り盛りしていたこともあり、頻繁には会えなかったが、トゥトゥは祖母のことが好きだった。祖母もトゥトゥのことを、ずっと大切に思ってくれているようだった。トゥトゥの生まれた季節になると、必ず王都からお祝いの手紙と一緒に、沢山の乾燥させたハーブや、花を送ってくれたからだ。

――そんな祖母の訃報と共にトゥトゥのもとに届いたのは、いつものような植物ではなく、小さな箱。

その中には、丸い輪で連なったいくつかの鍵と、トゥトゥに向けた手紙が入っていた。

もし、私に何かあったら――そんな書き出しで始まっていた手紙。毎年来る手紙には何もにじませていなかったのに、もしかしたら祖母は自らの死期を悟っていたのかもしれない。家族に何も言わず、孤独に耐えながら死を迎えたのだろうかと思うと、トゥトゥの視界はさらに涙で歪んだ。

トゥトゥが一度だけ滞在したことのある祖母の下宿屋。そこを管理するのに必要な情報などが記された簡単な引き継ぎの手紙を読みながら、これは前の世界で言うところの遺書なのだとトゥトゥは気づいた。

祖母は自分の大切な下宿屋を、たった一人の孫娘に託したのだ。

祖母がどれだけその下宿屋を大切に思っているのか、決して長くない文面からでも読み取ることができた。その時にはもう、トゥトゥの心は決まっていた。

『料理屋のとこの娘は変なことばかり口走る』

幼い頃のトゥトゥは、豊富な知識を持て余す、不器用な子供だった。

周りに否定されればされるほど、ムキになって前世の記憶を主張する。そんなトゥトゥは、周りからどんどん敬遠されていった。両親でさえ、どう扱えばいいのか困っていた。

小さな田舎町は、人間関係が密接である分、異端に敏感だ。

このままでは、トゥトゥが健全に育たないだろうと両親は危惧（きぐ）した。修業の旅に出たきり、実家にはろくに帰りもしなかったため、祖母に合わせる顔がないと常々言っていた父。しかし、幼いトゥトゥに対する不審の目が強くなってきたのを感じた両親は、トゥトゥを連れ、父の生まれた家へと向かったのだ。

おおらかだった祖母は、トゥトゥを下宿屋で預かることを快諾（かいだく）してくれた。そして、皆が――両親でさえ否定的だったトゥトゥの不可解な言動を、全て受け入れてくれたのだ。皺（しわ）だらけの大きな手で、泣きじゃくるトゥトゥの体を、辛抱強くずっと撫（な）で続けてくれた。

そして、泣き止んだトゥトゥに祖母が淹（い）れてくれたハーブティは、前世で飲み慣れた味だった。醤油（しょうゆ）も味噌もないこの世界では、トゥトゥにとって初めて、前世の記憶にぴったりと合致（がっち）した味だった。

いつの間にか、心細さや苛立ちは涙と一緒に流れていた。

前世の記憶は、トゥトゥの妄想じゃない。幸せに満ちた、トゥトゥの前の生だった。

トゥトゥはその時、ようやく自分でも不思議な記憶を受け入れることができた。

下宿屋にいたのは、たったの二、三ヶ月。

しかしトウトウにとって、その時間はかけがえの無いものだった。この世界での生を受け止め、前の世界の自分も疎まずに付き合っていくことができるようになったからだ。

それからのトウトウは、何においても前向きに考えるようになった。

田舎に帰ってきてからは、人との付き合い方も覚えた。おかしな言動も減り、両親もホッとしていたに違いない。

そして、トゥトゥは前世の記憶を生かして色々なものを作るようになった。

トゥトゥが「新しい生」を前向きに生きられるようになったのは、祖母のおかげだ。

今度はトゥトゥが、祖母に恩返しをする番である。

「王都で下宿屋だぁ⁉　そんっな細っこい腕で何ができるってんだ」

「鉱山掘る以外のことなら大抵のことはできますーう」

空いた皿を手に取ると、トゥトゥはくるりと踵を返す。

「都会は物騒だっていうのに、もの好きなもんだ。はーん、そうか。よっぽどこの田舎が気に食わねえんだな、このおてんば娘！」

鉱石を掘る男たちの分厚い手で頭をクシャッと撫でられたトゥトゥは、髪をまとめていたカチーフがずれるのも気にせずにっこり笑った。

「まあまあ、そんなに寂しがらないで。何かの折には帰ってくるから」

「じゃあ今度から、シャツがほつれたらどうすんだ！」

食事をするついでに、といつもシャツを縫わせていたものぐさな男が、離れた席で絶望に顔を歪めている。それを見て、カチーフを結び直していたトゥトゥは呆れかえった。

「そっちこそ、さっさと嫁さん見つけて、シャツでも靴下でも縫ってもらったら?」

固定客に繋がるという理由により、サービスで繕い物もしてきたが、家庭を持つものたちは皆、妻に繕ってもらうのが普通だ。

トゥトゥは縫い上がったシャツを客に返しながら「本当は代金だって取りたいところだったわよ」と、ごく一般的な意見を言う。すると客の男はショックを受けたように絶句した。その肩を、また別の客がポンと叩く。

「この鈍感娘がねぇ。いつ尻尾巻いて帰ってくることやら」

店内のどこからかそんな声が聞こえ、皆笑い声を上げる。トゥトゥはトレイを強く握ると、イーッと歯を見せて怒った。

「〝石のかまど〟一人娘、トゥトゥ! 立派にお勤め果たしてみせますっ!」

＊＊＊

大きな啖呵を切って王都にやってきたトゥトゥは現在、街の外れで一軒の家屋を見上げながら、途方に暮れていた。

「……ここ、のはずだけど……」

手紙に書かれた簡素な地図と建物を見比べる。目を凝(こ)らし、何度も不安げに確認するのには理由があった。

港町でもある王都の建物の多くは、貝殻を利用した白い漆喰(しっくい)で塗装(とそう)されている。赤い瓦の屋根が連なる様(さま)は壮観で、誇り高ささえうかがえる。

田舎町からやってきたばかりのおのぼりトゥトゥは、王都で馬車を降りた後、しばらくの間見惚(みと)れてしまった。

――だというのに、街からほんの少し離れただけの祖母の下宿屋は、突けば崩れそうなほど古びているではないか。

「……え、お化け屋敷……？」

一体どこから生えているのかわからないほど増殖した草が建物を覆(おお)い尽くし、蔦(つた)に侵食された漆(しっ)喰(くい)の壁は、ところどころ剥(は)げている。テラコッタ色の瓦屋根は歯抜けで隙間から草が顔を出し、それを利用して鳥が巣を作っているようだ。

「昔はここまでくたびれてなかったと思うんだけど……」

あちこち修繕の跡は見えるものの、どこからどう見ても素人(しろうと)仕事だ。いくら街の外れとはいえ、まるで王都にあるとは思えない佇(たたず)まいである。

「……っよし！　気合い入れ直そう！」

祖母が没してそう何日も経っていない。なぜこんなに荒れ果てているのか――トゥトゥは意を決して、足元に置いてあった荷物を手に取り、足を踏み出した。

――コンッコンッ。

「こんにちは！　ごめんください！」

ドアノッカーを叩いて、深呼吸を繰り返す。用意していた言葉を頭の中で復唱しながら、トゥトゥは、玄関の扉が開くのを待った。

――チリンチリン。

ドアに吊るされていた、美しいカウベルの音がトゥトゥを迎える。

「こんにちは、初めまして。今日から大家を務めることになりました――」

「……ミンユの孫娘か！　待っておったのだぞ！　さぁ入れ」

祖母の名を口にした若い男は、そう言うや否やトゥトゥの腕を勢いよく引っ張った。

あまりにも突然のことに、トゥトゥは目を白黒させる。そして引っ張られるままに、下宿屋へと入っていった。

元々は一般客向けの宿屋だったという下宿屋の内装は、外見よりも随分としっかりしていた。

以前滞在したことはあるものの、まだ幼かったために間取りや内装までは覚えていない。

玄関に入ると、正面に受付カウンターを設えたホールがある。

隅の方に埃が多少目立つものの、荒れた様子はない。螺旋階段の手すりや、宿屋時代のまま残されているだろう受付カウンター。木製の内装や家具は、オイルが染み込んだような風合いがある。

日頃から祖母が丁寧に磨き上げていたことがうかがえた。

ホールに、派手な調度品などは一切見当たらなかった。下宿屋となり、新規客を取らなくなったためか、それとも祖母の元来の好みなのか――トゥトゥは、あまり祖母のことを知らないために、判断できなかった。

「このまま全員野垂れ死にかと思っていた。ギリギリであったなあ」

男に引きずられながらも、しげしげと建物を観察していたトゥトゥがハッとする。

「あ、あの、トゥトゥと申します！　不慣れだとは思いますが、これから頑張りますのでよろしくお願――」

お願いします、と言おうとしたトゥトゥの言葉が止まった。

ゆっくりと振り返った男のその顔に、息を呑むほどの衝撃を受けたのだ。

「こちらこそ、よろしく頼む」

男は、美しかった。

着ているものは簡素なシャツとズボンなのに、薔薇のように華やかな男だ。血を溶かしたような深紅の髪。焦がした飴のように甘そうな金色の瞳は、まるでこの世の全てを見透かすように澄んでいた。

世界中の美しいものを詰め込み、それら全てがうまく調和しているような、完全な美。それはまるで、ただ一つ増えても、減ってもいけない、完成されたダイヤモンドのカットのようだった。

あまりの美しさに圧倒されるという、前世でも経験したことがない体験をしたトゥトゥは、ただ目の前の若い男を見つめることしかできなかった。

「しかしあんなちっこかったおぬしがなあ。女らしくなったかはさておき……大きくなったものよ」

「……はい？」

トゥトゥは目を見開いた。ちっこかった？　大きくなった？　それは、同年代の相手を表すには、少しばかり不釣り合いな言葉ではないだろうか。

「なんだ、忘れておるのか。まぁ仕様がないな。おぬしはまだ幼かったからなあ。俺の顔を見て、なんだったか。イケフェン、と言ったか。意味不明なことを叫んでおったよ」

「……もしかして、私がここに預けられていた時から下宿されていたんですか……？」

「左様」

イケフェンではなく、イケメンだ。まず間違いなく、幼い頃の自分がイケメンと叫んだとトゥトゥは断言できた。

トゥトゥがここに来たのは、十八年前。六歳の頃の話だ。

とすれば、トゥトゥより少し年上に見えるこの男も、子供だったに違いない。いくら美しいとはいえ……「イケメン」なんて単語を使うだろうか？

「失礼ですが、お客様は、おいくつほどで……？」

いや……でも待てよとトゥトゥは記憶の隅を探った。言われてみればこんな顔の、あまりにもすごいイケメンがいたような気がしたのだ。

こんな声で、こんな背丈の……いや、もうこの男そのまま——え？

「年か？　いくつだったか。百を過ぎたあたりで、数えるのが面倒になってな」

はい？

トゥトゥは今度こそ、言葉を失った。

「なんだ、ミンユに何も聞いておらぬのか」

「……何を？」

問う声はかすれていた。男はにんまりと笑った。

「そうさなあ。ひとまずは……俺が、不老だということだな」

トゥトゥは愕然として、吸った息が吐き出せなかった。

しかし、それが本当だとすると……記憶の中の男が目の前の男と全く同じ姿であることも頷けるのだ。

そして、トゥトゥはさらにハッとした。

あまりの美貌に気を取られていたせいで、目に入らなかったものに気づいたのだ。

それは、男の頭に生えた、紛うことなき二本の角。

「……つ、角？　……え、角？」

「なんだおぬし。まだ角が怖いのか」

自らの頭に生えた、牛のような、悪魔のような角を握った男は、まるで野菜をもぎ取るかのように軽々とそれを折った。

パキンポキン。あまりにも見慣れない現象が、トゥトゥの目の前で起きている。

「あぁ、こちらもか」

唖然とするトゥトゥの前で、男の奇行は止まらない。

「な――」

口を開けたかと思うと、長く尖った八重歯(やえば)を、またもや簡単に折ったのだ。

「ふむ。これでよいか？」

満足そうにこちらを見る男に向かって、トゥトゥは思わず指差した。

「んなななななな……」

絶世の美男子で、長い角と牙を持っていて、不老の男なんて――前世の記憶があるトゥトゥでも見たことがない。

「ま、ま、まさか……！」

男を差す指先は、微(かす)かに震えている。

「きゅ、きゅ、吸血鬼……!?」

「はっはっは、まぁそう怯(おび)えるな」

呆然と固まってしまったトゥトゥの姿を見て、男は軽快に笑った。

「本当に何も聞いておらんのか――仕方がない。ミンユに頼まれたからな」

男はそう言うと、無遠慮にも荷物ごとトゥトゥを持ち上げる。

トゥトゥは目を白黒させながら、この細腕のどこにこんな怪力が潜(ひそ)んでいるのかと驚く。それと同時に――これもまた吸血鬼だからなのだろうか、と考えを巡らせていた。

そんなトゥトゥをよそに、男は荷物のように担(かつ)いでいた彼女を、ホールに隣接したリビングへ運び、椅子に座らせる。元々、宿泊客の食堂だった場所を、リビングルームとして使っているようだ。

「さて、何から話すか」

男がトゥトゥの前に座る。まるでお伽噺(とぎばなし)を聞かせるかのようなのんびりした言葉に、トゥトゥはほんの少しだけ肩の力を抜く。

「俺の名は、ユオ。見ての通り、この世界のものではないな」

「は、はあ……」

見ての通り、と男――ユオは軽く言ったが、トゥトゥはまだ完全には呑み込めていなかった。

もし彼が吸血鬼だとしても――人間に紛れてこっそりと生活している、数少ない希少種だとかなんとか、そこらへんの設定だと思っていた。いや、設定ってなんだ。トゥトゥは前世の自分の知識につっこみをいれた。

「この世界のものではない……というと……？」

トゥトゥ以外に、この世界とは違う世界を知る人間がいるだなんて、想像もしていなかった。そんなこと、笑い飛ばさずにすぐ信じようとする人間なんて……きっと前世を知るトゥトゥ以外にいないだろう。

トゥトゥの大きく見開かれたオリーブ色の目を覗(のぞ)き込み、「なんともまぁ吸い込まれそうだ！」と、ユオは笑いながら説明を続けた。

「この下宿屋は元が宿屋だったことを知っているか？」

トゥトゥは、こくりと頷いた。父が料理修業の旅に出た理由は、この宿屋の厨房(ちゅうぼう)を取り仕切るためだったからだ。

「ここは街の外れだが、王都にあるおかげか、客はそこそこ入っていた。たまに他の領地から都へ上ってきた貴人が泊まることもあったようだなあ」

貴人！　トゥトゥは貴い身分の人と会ったことなど一度もない。

「おばあちゃん、すごい……」

トゥトゥが思わずつぶやくと、ユオは「ははは」と、折った八重歯をむき出しにして笑った。

「左様。ミンユはすごかった」

なにしろ、肝が常人の二倍――いや、三倍は据わっておったからな、とユオが続ける。

「夫を亡くした後、一人で宿屋業に勤しんでいたミンユは、ある時から迎えたつもりのない客が、いつの間にか泊まっていることに気付いた」

「え、待って。ホラーですか？」

トゥトゥは顔を引き攣らせる。

「迎えたつもりのない客の中には、度肝を抜くいでたちのものが多かった。その見知らぬ客たちに話を聞き、ミンユは知った――客室の扉が、時折様々な世界に繋がっているということを」

様々な世界に繋がる……？　一ヶ所でも驚きなのに、様々って。様々って!?

あまりにも荒唐無稽な話にトゥトゥは唖然とした。

「さ、様々なって、例えば……？」

「海の国、時の国、砂の国、常世の国、妖の国――それこそ様々だ」

混乱するトゥトゥを落ち着かせるように、ユオは笑う。

「扉は、常に異界へと繋がっているわけではない」

ただ、と続ける彼を、トゥトゥはじっと見つめる。

「誰かが強い願いを持ってどこかの扉を開いた時、この宿屋の扉に通じるようだ。宿屋に訪れる客は様々だったが、ミンユはその全てを受け入れた」

そして彼らを保護するため、宿屋を閉め、下宿屋へと変えたのだ。

そう締めくくったユオに、トゥトゥは頭を抱えた。

「そんな……」

彼の説明では、この下宿屋にはユオの他にも異形のものがいるということだろう。

トゥトゥは恐れおののいた。異世界人の住処の大家なんて、到底自分に務まるとは思えない。

――だけど、そんな下宿屋だからこそ……

「ミンユの大事な宿だ」

まだ名前以外何も知らない吸血鬼の言葉が、胸に染みた。

祖母が愛し、祖母が支え続けた下宿屋――彼女がどれほどこの場所を大切にしていたかは、受け取った手紙からも十分に読み取れた。

そして、トゥトゥは知った。六歳の頃、皆に「妄想だ」「虚言だ」と言われたトゥトゥの前世の話を、なぜ祖母はあれほど自然に信じてくれたのか――それは、彼女がこの下宿屋で、異世界の人々を受け入れてきたからこそなのだ。

トゥトゥは、この下宿屋に辿り着いた時のことを思い返す。

草木や蔓で覆われ、今にも崩壊寸前の建物には、修繕の跡がいくつも見られた。打ち付けられた木材や、いかにも重ね塗りされた漆喰は、プロの仕事ではないことは明らかだった。

そして、祖母の手が届かないような高所にも、それらは見受けられた。

下宿人たちと一緒に、この屋敷を修理する祖母の姿が目に浮かんでくる。

吸血鬼や他の異形の人々を受け入れられるか、トゥトゥにはまだわからない。けれど、同じ異世界の知識を持つもの同士だからこそ、この下宿屋で支え合っていけるかもしれない――

「……不束者ですが、どうぞよろしくお願いします」

気付けばトゥトゥは、ユオに向けて深々と頭を下げていた。ユオは美しい顔を笑みで彩り、大きく頷いた。

第二章

「中は広くて、案外しっかりしてるんですね」

外観があんなにもお化け屋敷のようだったため、トゥトゥはほっとした。これなら内装の修繕費に、ガッポリ持っていかれることもなさそうだ。

案内役を買って出たユオは、リビングを出て玄関ホールを抜けると、トゥトゥを炊事場へと連れていった。

さすが、腐っても王都の元宿屋。備え付けられた調理用の設備は、トゥトゥの実家の料理屋よりもよほど立派だった。長年使っているため、煤(すす)の跡や古さは目立つが、錆(さ)び一つなく丁寧に磨かれている。

祖母の職人魂(しょくにんだましい)に触れ、胸が熱くなったトゥトゥだったが——どうしても見過ごせない一角があった。

「……ユオ、この洗い物の山は……？」

「はっはっは、見事だろう。芸術的なバランス感覚だ」

得意げな笑顔を見せるユオは、悪(わる)びれる様子一つない。トゥトゥは「芸術的なバランス」で積まれた汚れた食器の山を見て、頭を抱える。

「見事だけど、さあ……」

祖母亡き後も当たり前のように世界は回り、日常は続く。下宿人たちは否が応にも自活せざるをえなかったのだろう。

別の世界から来た、この世界に馴染みのない下宿人たち。

その全てがきっと、祖母におんぶに抱っこで、日常を過ごしていたに違いない。放置された食器が、それを物語っていた。

「こんな積みます!?　バランスゲームみたいに！」

「ほう、なんだばらんすげーむとは」

ユオの質問をトゥトゥは軽く流した。

「しかもほら、すごい汚れ……汚れ……ああああっもう無理っ見たくないっ！」

皿は使われてから随分と経っているのだろう。汚れがびっしりとこびりつき、まだ春先だというのに虫がたかっている。

「ここの掃除はひとまず後にして――とりあえず、次、次お願いします！」

「任せておけ」

任せておけたら、どんなによかっただろう……

眩暈をこらえながら、トゥトゥはユオの後についていった。

炊事場がこの様子なら、他も似たようなものだろう――というトゥトゥの当たってほしくない予想は見事に当たっていた。

一階のリビング、玄関ホール、管理人部屋、炊事場。炊事場にある地下納戸。二階の客室や納戸――自分の家とは随分違う元宿屋の設備を、トゥトゥは案内される。

そのどれもが、下宿人の怠惰によって壊滅的な状態だった。

リビングテーブルの上は使い終わった皿やコップが放置され、収納の引き出しや戸は開いたまま。部屋の隅には綿ぼこりが溜まっている。

「……出したら仕舞う。開けたら閉める」

子供でも知っていることだが、一応口にしてみる。

「ふむ。人間は些末なことにこだわりすぎるから、短命なのではないか？」

あっけらかんと笑うユオに、トゥトゥは脱力感を覚える。

「とりあえず、客室も見たいです」

「俺の部屋を見るか？」

「いいんですか？」

もちろんだと快く請け合ってくれたユオに礼を言い、トゥトゥは階段を上った先にある、二階の奥の角部屋へ向かった。

一体どんな風に下宿人は居を構えているのだろう。トゥトゥはわくわくしてユオが扉を開けるのを見守った。

彼は吸血鬼だが……いやそれゆえか、とんでもない美丈夫だ。美丈夫とは、顔の造形が美しいだけでなく、しゃれものでなければならないとトゥトゥは考えている。

彼ははぶりのいい商人や貴族のように質のいいものを着ているわけではないが、限りある素材を上手く組み合わせ、自分に合ったスタイルを作り出しているように見える。きっとインテリアセンスも抜群だろう。

——なんて、思っていたトゥトゥは、後悔することになる。

ユオが扉を開けた瞬間、放たれた異臭に眩暈がした。

呆然としているトゥトゥの目に飛び込んでくるものは、歪な生体の干物や、よくわからない液が入った瓶、床が抜けそうなほど所狭しと積まれた怪しげな本——控えめに言っても、マッドサイエンティストの研究室だ。

「こ、これは……」

「遠慮せず入っていいぞ?」

入った瞬間に臓物を抜き取られそうだと思ったトゥトゥは、勢いよく首を横に振る。

「素晴らしいコレクションだろう」

まじまじと見てしまえば、それが元々何の個体だったかがわかりそうで、トゥトゥは自らの心の平穏を守るため、そっと扉を閉じた。

「孫娘は遠慮しぃだな」

「思春期ですから」

「その割にはとうが立っているようだがな」

はっはっはと笑う男がマッドサイエンティストの吸血鬼だということも忘れ、トゥトゥは脛を蹴った。ユオは顔を歪め、うずくまる。

「あらいやだ。女性に、年齢の話は禁物ですわ。お客様」

「そのようだ」

脛を擦る吸血鬼は、置いておくとして――何を優先してやっていくか必死に計画を立てる。

まず、持ってきた荷物で洗剤を作って、掃除をして、炊事スペースを確保したら夕飯の支度をして――

「持ってきたものだけで足りるかな……ハーブ系はこっちで揃えればいいと思って、あんまり持ってきてないんだよねえ」

着任して初っ端の大仕事を思い浮かべ、トゥトゥは大きく息を吐く。

「まぁそう難しい顔をするな。すぐに慣れる」

いったい何の心配をしてくれているのか。トゥトゥは能天気な吸血鬼をいぶかしげに見つめる。

「……次は空室を見て回りましょうか。案内お願いします」

「任せておけ」

――全部で八つの客室の内、使われてない部屋は五つ。

それぞれの扉を指差しながら、ユオはゆっくりと口を開く。

「この五つの部屋は、今はどの異世界にも通じていない。誰かが来て通ずれば、そのものが元の世界に帰るまで――異世界と通じたままだがな」

ユオの説明に、トゥトゥは顔を硬くした。いつどんな人がやってくるかわからない状況に、不安を募らせる。

「この部屋は今、繋がっていないから開けてもいいんですよね？」

「部屋の外から開けるのは何も問題はない。問題は内からだ。下宿人のいる客室は、内から鍵を差したままドアノブを回せば、異界へと繋がる」

つまり、異世界にすでに繋がっていても、外から開ける分には支障はないらしい。

意図せず異世界に入り込んでしまう危険はないとわかって、トゥトゥはほっとした。

「その、異世界に出ていっちゃったら戻ってこれないんですか？」

「出先でも適当なドアに自室の鍵を差して開ければ、ここに戻ってこられる」

ユオの説明から、彼は日常的に行き来しているのかもしれないなとトゥトゥは思った。

「わかりました。じゃあ、入りますよ」

「おうとも」

気持ちを強くし、トゥトゥは空室の鍵を開ける。

「……普通の部屋」

扉をそうっと慎重に開くが、そこにあったのは、拍子抜けするほど普通の客室だった。

扉を見てみると、内側にも鍵穴がついた立派なドアノブがある。さすが以前は貴人を泊めていたこともある王都の宿屋だ。

だが、ドアノブ以外は木のベッドや小さなクローゼットがあるだけの、いたって普通の客室。何も不思議なところはない。

「下宿人のいる客室の扉って、本人以外が……例えば、私が内側から鍵を差して開けたとしても、異世界に通じるんですか？」

「さてなあ。ミンユは試していなかったからな」

ユオは顎を擦って答えた。

「他の世界に通じたら、音が鳴ったり、光が出たり……何か合図とかあるんですか？」

「ここに住んで長年が経つが、そんなものは見たことないな」

ユオは、トゥトゥが持ったままのドアノブを見下ろしながら説明した。

「合図はないが、条件ならばある。異界からやってくる条件はただ一つ。どこかでドアノブを持ったものが、〝ここではないどこかへ行きたい〟と願うだけだ」

なんてお手軽でエコなんだ。トゥトゥは頭を抱える。

「……ありがとうございます。とりあえず、もし異世界からお客さんが来たら、もてなして、客室の鍵を渡せばいいってことですね」

おばあちゃん、こんなイレギュラーなこと、よく何年も何十年もしてたなぁ……。すでに気疲れでぐったりとしていたトゥトゥは、肺の底から大きな息を吐きだした。

「ミンユは細かいことは気にせん、度量の広さを持っておった」

まるで春の陽のように穏やかに笑う男は、一体何年前にここに来て、どれだけの期間祖母と過ごしていたのだろうか。

トゥトゥの知らない祖母のことをよく知るユオに、トゥトゥは少しだけ羨望を抱いた。

他の空室を見て回っても、家具の配置ぐらいしか違いは見受けられなかった。きちんと整理されたままだったが、少しばかり埃臭い。

「もしかして、換気もしてないんですか？」

「人間の習慣は面倒なことが多くてなぁ」

「怠けものですねえ」

換気をしようと、廊下に出て両開きの窓の木戸を開ける。眼下には春らしい淡い緑が生い茂っている。白い光が窓枠型に廊下に差し込んだのを見て——トゥトゥは慌てて木戸を閉めた。慌て過ぎたため、バタンという大きな音が響く。

「どうした、壊れるぞ」

突然のトゥトゥの暴挙に驚いたのか、ユオはぱちぱちと瞬きをしながら彼女を見下ろす。

「とっととととっ」

「とっとっと？」

「溶けるんだっけ!?　吸血鬼って、日の光で！」

真面目な声色に焦りをにじませたトゥトゥに、ユオはなぜかくるりと背を向けると、肩を微かに震わせながらじっとしている。

再びトゥトゥに向き直ったユオの表情は、不自然なほどの真剣味を帯びている。

「——長時間外にいなければ大丈夫だ。帽子などがあればなおよい」

やっぱり溶けるんだ……！　確か吸血鬼にとっては、日光とニンニクと十字架、そして銀のナイフが致命的だった気がする、とトゥトゥは前世の記憶をたどった。

「わかった……。私も気を付けるから、どうぞ安心して過ごしてくださいね」

「——恩に着る。次は庭へ行くか？　俺も帽子を持ってこよう」

「無理のない範囲でいいので、案内よろしくお願いします」

トゥトゥが言うと、自室に帽子を取りにいこうとしたユオは「心得た」と答えた。

＊＊＊

トゥトゥは、広いつば付きの帽子を被ったユオについて庭に出た。

草木が好き勝手に伸びまくっていた表の様子を見ていたトゥトゥは、どうせ庭も荒れ果てているのだろうと予想していた。

「……すごい、綺麗……」

それが、なんてことだろう。森に面した下宿屋の庭は、トゥトゥの想像よりもずっと広く、野生的で、美しかった。

人の手が入っていることがよくわかるが、葉っぱ一枚まで管理されたお城の庭のような作られた美しさではない。草木がのびのびと群生した、愛に溢(あふ)れた庭がそこにあったのだ。

「昔来たときは、こんなに立派じゃなかったのに……」

一番手前に生えている背の低いハーブの後ろには、色とりどりの花々。その後ろには、背の高い立派な木々。見栄(みば)えも日の当たり方も計算され、草花にとって心地よさそうな空間を作っていた。

庭の真ん中には畝(うね)が作られた畑もある。たわわに実っている野菜の瑞々(みずみず)しさは、料理屋の娘として気になるところ。市場に並んでいるどんな野菜よりも、立派だった。

畑を囲む柵以外、何一つ区切るもののない広々とした庭。草木を踏まないように、人が作業するスペースも十分に確保されている。

「フェンネル、ローズマリー、セージ、ユーカリ……あれも、これも……全部。おばあちゃんが送ってきてくれていたのは、自分の庭で採れていたものだったんだ……」

トウトゥがここに預けられていた頃の庭は、もっと殺風景だった。そのため、てっきりトウトゥの住む村にはない珍しい植物をわざわざ買い求めて送ってくれているのだろうと思っていた。

祖母の送ってくれたハーブで、トウトゥは化粧水やシャンプーをよく作った。

前世でアレルギーがあったため、市販の美容品が肌に合わず、母に勧められてハーブ教室に通っていたのだ。

前世の知識を、今の人生に活(い)かしたいと思えたのは、このハーブのおかげ。

「素敵……あの植物たちがこれから全部使い放題だなんて……！」

「なんという俗物な」

ユオが呆れてつっこむが、トウトゥは聞いていなかった。

緑に染まった中庭に、ただただ見入っていた。

「あそこにいるな」

立ちどまっているトゥトゥの隣で、庭の端を見ながらユオが言う。

「おーい、シュティ・メイ！」

歌う・男？

ユオが声をかけた方向を見て、トゥトゥはそこに人がいたことを知る。

こちらの世界の言葉で「歌う男」という名を持つ青年は、しゃがみこんで土をいじっていた。ユオの声に導かれ、シュティ・メイはゆっくりと立ち上がる。日の光に照らされ、白銀の髪がキラキラと輝く。その顔の造形は、遠目で見ても十分わかるほどに整っていた。

またイケメン——そんな俗っぽいトゥトゥの考えは、彼の背に生えているものを目にした瞬間に吹き飛んでいた。

「は、は、は、羽ー!?」

「羽の生えているものくらいいるさ」

ははと笑うユオに、返事をする余裕もなかった。

あまりにも神秘的な姿に近づくことすら恐れ多く、遠くから見つめていると、男はこちらに近づいてきた。不躾にならないように、目線を泳がせながら、そっと盗み見る。襟首の広い服の後ろから生えている、神々しいまでの大きな純白の羽。

「……て、天使……？」

「有翼人を知らんのか。こやつの世界ではどうか知らんが、俺の世界では、まぁ——ちょっとでかい鳥だ」

「ちょっとでかい鳥……」

翼に神秘性を感じるトゥトゥと違い、吸血鬼にかかれば天使もただの——いや、ちょっとでかいだけの鳥になってしまうことを知る。

白い翼を見て天使が真っ先に思い浮かんだのは、前世の記憶があるからだけではない。

この世界にも教会があり、天使の像も置かれているのだ。シュティ・メイを見て天使を連想するのはごく一般的な感性だろう。

それを、ちょっとでかい鳥。

よく見てみれば、庭を歩く鶏(にわとり)たちは彼を仲間だと思っているのか、それとも格下だと思っているのか、当たり前のように彼の足を踏んづけて走り回っている。人間以外には、彼の翼は本当に鳥にしか見えないのかもしれない。

「……と、飛べるの？」

「まぁ、鳥だからなあ」

トゥトゥはいまいち呑み込めないまま、とりあえず白い翼を持つ男に向き直った。

「翼に驚いてしまってごめんなさい。とても綺麗なものだから……。ええと——亡くなった祖母の代わりに、この下宿屋の大家を務めることになりました。これからどうぞ、よろしくお願いします」

「……」

トゥトゥはぺこりと頭を下げるが、シュティ・メイと呼ばれた有翼人の男は、無表情のままじっとトゥトゥを見下ろすだけ。

無反応の男を前にはらはらするトゥトゥに、ユオが言う。

「こやつは口がきけぬ」

トゥトゥは驚いてユオを振り返る。

「この宿にやってきたときにはすでに声を失っておった。故に、先ほどの名はミンユが付けた」

「おばあちゃんが名付けたって……話せない人に、シュティ・メイって？」

あまりにも皮肉が効きすぎているのではないだろうか。戸惑うトゥトゥに、ユオは頷く。

「なに、住んでいればわかる」

何がわかると言うのだろう。なおも困惑するトゥトゥにユオが説明を続けた。

「庭はほぼシュティ・メイが管理している。何かあればこやつに聞くといい」

男には、耳の位置にも小さな羽が生えていた。

この外見では、表玄関の方に出ることは難しいだろう。玄関があまりにも無法地帯だった理由がわかる。

この見事な庭は、祖母がいなくなった後も彼が手を入れ続けてくれていたから、美しいままなのだ。

下宿屋を引き継いだトゥトゥにこの草花の所有権があるとはいえ、好き勝手に使うのははばかられる。

「そうなんですね。これからは私もお手伝いさせてもらえたらと思います」

よろしくお願いしますと再び頭を下げたトゥトゥに、シュティ・メイはささやかな会釈を返す。

そして、話はそれで終わりだと思ったのか、すいっと彼が離れていった。

「あっ」

「……？」

トゥトゥから思わず漏れた声に反応して、シュティ・メイは振り返る。話せなくとも、耳はよく聞こえるらしい。僅かに安心して、トゥトゥは彼の傍らに駆け寄った。

「あの畑に生えている野菜、どれも立派ですね？　今は何を植えてるんですか？　どこかに卸してます？」

あれだけ立派な野菜だ。卸していても不思議はない。トゥトゥは一ついくら位で売れるだろうかと、脳内でそろばんを弾く。

うふうふと笑うトゥトゥの前で、シュティ・メイは銅像のように動かない。表情にも一ミリも変化がない。

「はっはっは。孫娘、質問が多すぎる」

「え？　あっ！　ごめんなさい！」

トゥトゥは慌ててもう一度問い直す。

「野菜や花は、市場に売りに出していますか？」

ふるふる、とシュティ・メイが首を横に振った。

卸していないのか。もったいない。これだけ葉ぶりがよければ、高値で売れそうなのに。落ち着き次第、卸し先のツテを探そうとトゥトゥは決意した。

「では、夕食用に少し収穫してもいいですか？」

今度は一度、こくんと頷いた。そのまま再び歩き出すシュティ・メイだが、まだ聞きたいことがあったトゥトゥは慌てて追いかける。

「あの、ハーブもお料理用と――趣味用に分けてもらってもいいですか⁉」

トゥトゥの希望にまたしても首を一度縦に振って、庭の管理人は許可を与えた。

よっしゃ！　とトゥトゥは両手を握る。

「ありがとうございます！」

どれから試していこうかと頬が緩む。乾燥ハーブでは作れなかったものを、ここでは作ることができるのだと、トゥトゥは胸を躍らせた。

するとシュティ・メイは、畑に近づき鶏除けの柵を乗り越えた。どうやら、トゥトゥのために野菜を採ろうとしてくれたらしい。

「わー……すごい立派な葉……」

「ミンユがいない間は、生で齧っていたが……まぁまぁおいしかったぞ」

ホロリと涙をこぼしそうなことを言う吸血鬼に、トゥトゥはそっと誓う。

「……美味しいご飯作りますね」

先ほどまで庭いじりをしていたのだろう、泥に汚れた指先で、シュティ・メイは野菜を引っこ抜く。次々と地面に転がっていく野菜の中には、トゥトゥの村では見たことがないものもいくつか見られる。

「珍しい野菜がいっぱいあるな~何を作ろうかな~」

「スープがいい。ゴロゴロと野菜が入ったやつだ」

「お、いいですね」

シュティ・メイは次々と野菜をもぎとると、次はハーブにとりかかった。株はそのままに、庭にあった籠へ葉っぱだけをせっせと放り込んでいる。

「シュティ・メイ。何か好きな食べ物はありますか?」

「……」

彼はこちらを振り返るが、無言のままでじっとしている。

「今後私が作ったもので好きな食べ物があったら、教えてください」

こくんと頷いた彼に、トゥトゥはほっとする。

プチップチッと、手際よく彼がハーブを摘んでいく。

シュティ・メイのにじみ出る優しさに感動していたトゥトゥだったが、籠の中に収穫物が溢れそうになったのを見て慌てて止めに入る。

「もう! もう十分ですっ! また使うときにいただいてもいいですか?」

「……」

シュティ・メイはトゥトゥを見つめ、こくんと頷いた。耳の小さな羽がピョコピョコと揺れる。

その背後で、ユオが笑った。

「はっは、今夜は歓迎会だ。ちょうどいいではないか」

その言葉を聞いて、トゥトゥは頬が緩んだ。

このてんこ盛りのハーブと野菜はもしかしたら、話せないシュティ・メイの歓迎の気持ちなのかもしれないと気づいたからだ。

「ありがとう、シュティ・メイ」

トゥトゥはこの日一番の笑顔を、天使のような彼に向けた。

＊　＊　＊

シュティ・メイとの挨拶を終えたトゥトゥは、山盛りの野菜を抱えて炊事場に引き返した。

「……っよっし！　やるぞ！」

気合いを入れると、トゥトゥは走り回った。

下宿屋近くにある公共の井戸に行き、水を汲んで戻ったら、まずは炊事場の掃除から。急がなければ夕飯が随分と遅くなりそうだ。

持ってきていた石鹸と、先ほどもらったローズマリーで食器洗い用の洗剤を作る。

かまどに火を入れ、ローズマリーを十分に煮た後、こして、冷めきらないうちに小さく刻んだ石鹸を混ぜてしまえば完成だ。感覚だけで作れるほど、トゥトゥにとっては作り慣れたもの。ローズマリーは殺菌作用が強いため、父と母にも大好評だった。

「ほう、まるで呪術師のようだな」

「うわあっびっくりした！」

鍋で作った液体を木の器に注いでいると、後ろからひょっこり顔を出したユオがそう言った。

「急に現れないでくださいよ！」

「無茶を言う。先に声をかけたではないか。それより、これは何だ？　魔女の秘薬か？」

トゥトゥが煤と埃に塗れて掃除をしているというのに、ユオは涼しい顔で聞いてくる。

「石鹸とおばあちゃんからもらったハーブで、前からこの洗剤を作ってたんです。うちの周りは鉱山があったから、隊商もよく来ていて……。石鹸なんかは、頼んでおいたら、次の渡りのときに持ってきてくれたりしたんですよ」

洗剤は洗い流すときに大量の水を使うため、頻繁には使えないのが難点だ。しかし、この山積みの汚れた食器には最強の味方となるだろう。トゥトゥは腕まくりをし、今度はテーブルの天板を拭き始める。

「頼りなさそうだったが、いや見事なものだ。人間はやはり器用だな」

「……褒め言葉としてもらっておきますね」

しげしげとトゥトゥを見つめるユオは、トゥトゥを案内した後、フラフラとどこかに出かけていたはずだ。

「私に何か用事ですか？」

「そうであった、そうであった。忘れておったのよ」

「何をです？」

もう何を聞いても驚かないと思った。今日一日で、トゥトゥは信じられないほど度肝を抜かれたのだ。吸血鬼に始まり、様々な異世界に繋がる扉、そして天使、もといちょっと大きな鳥。多少のことでは、もう驚くまい。

「下宿人だ。もう一人おった」

トゥトゥはテーブルを拭いていた手を滑らせ、勢い余って突っ伏した。

「な、そんなっ！　そういう大事なことって、忘れます!?」

「ははは、ついうっかり」

ついうっかりって！　ものの見事に驚かされてしまったトゥトゥは、ユオに尋ねる。

「そのもう一人は、お出かけ中なんですか？」

「いや、今は風呂場にいるようだ」

風呂場があるとは、なんて贅沢なんだ。さすが元宿屋。そう感心したトゥトゥは、次の瞬間サァと血の気が引いた。

「いらっしゃるなら――ご挨拶しなきゃ！」

新しい職場で最初にする顔合わせの大切さを、トゥトゥは前世で学んでいた。なんで一人だけ忘れるなんて器用なことをしてくれたんだ――とトゥトゥは心の中で涙を流す。

「んもうっ！」

布巾を置いて慌てて走り出そうとしたが、風呂場がどこなのかがわからない。先ほどユオに案内された中にはなかったからだ。

「お風呂場って、どこー!?」

「庭を通って行く。こちらだ」

ユオに連れられて再び外に出たトゥトゥは、急ぎ足ながらも先ほどは目に入らなかったものをきょろきょろ見て回った。表の通りから庭へ続く通路の途中に、大きな倉庫のようなものがある。おそらく貴人が馬車で泊まりに来たときに、荷台を入れた場所だろう。厩もその並びにあった。

庭でのんびりと鶏を見下ろしていたシュティ・メイに小さく手を振り、ユオの後を追いかける。

風呂場への行き来で雨に濡れないように、壁沿いにしっかりと軒が出ていた。煉瓦を敷き詰めた道を歩くユオが向かう先には、確かに薪を入れるための風呂の焚き口や煙突がある。しかし、風呂が焚かれている様子はない。

「お風呂に入ってるわけじゃないんですか?」

「入っているというか、まぁ見ればわかる」

勝手に入るの? とトゥトゥが思ったときには、ユオが扉を開けていた。

「あっ、ちょっ――――!」

「ハム娘、入るぞ」

ハム娘? 今度はまさかのハムスター?

無作法だとは思いつつ浴室を覗くと、ザッパーンと大きな波が風呂場に広がった。

風呂場に、波!?

トゥトゥは唖然としてそれを見つめた。先に入ったユオは波を全身に受け、びしょ濡れである。

「勝手に入ってくるなって何度言ったらわかんのよ! ほんっとサイテー!」

バッシャーン! 大きな音とともに、浴槽からざばざばと水が溢れる。

あっけにとられているトゥトゥの前に現れたのは、美しく輝く鱗が幾重にも重なり、魅惑的なカーブを描いている魚の尾を持った――

「……人魚……?」

人魚は狭い浴槽の中でくるりと優雅に身を一回転させると、たった今トゥトゥに気づいたとばかりに眉を上げる。

「……あんた誰? ……それに、何よその顔。まさか、私を見てブスって思ったんじゃないでしょうね!?」

「えええっ!?」

驚いて固まっていたトゥトゥに、人魚は突然怒りの矛先を向けた。単純に人魚という存在に驚いていただけのトゥトゥは困惑する。

――ブスだとは思ってないけど、ちょっと――いや、かなりグラマーというか……

トゥトゥは水面から上半身を覗かせた人魚をまじまじと見た。

人魚といえば、貝殻ビキニに、巻貝の髪飾り。ブロンドの髪は緩いウェーブで、心を溶かすような甘い歌声の持ち主――というイメージが定番だろう。

だが、現在トゥトゥの目の前にいる人魚は、控えめに言っても、ぽっちゃり人魚だ。

そして真っ赤な顔にはニキビが広がっていた。きっとその赤さは怒りのせいだけではないだろう。――あそこまで悪化していたら、痛いだろうな。

懐かしくも痛ましい、前世の青春の記憶がよみがえる。

「ミンユの孫で、新しい大家だ」

驚きに呑まれていたトゥトゥの代わりに、ユオが紹介してくれる。トゥトゥは慌てて頭を下げた。

「ご挨拶が遅れてすみません。ミンユの孫で、トゥトゥと申します。これからどうぞ――」

「勝手に風呂場に入ってくるなんて失礼よ！　ミンユの孫だなんて、とてもじゃないけど思えないわ！　さっさと出てって！」

「ええ!?　す、すみません！」

ぺこぺこと頭を下げるトゥトゥを無視し、人魚はユオをキッと睨みつける。

「あんたも！　さっさと出ていきなさいよワカメジジイ！」

ワカメジジイ……。

確かに髪の緩いウェーブはワカメっぽいけれど――度肝を抜かれたトゥトゥは、恐るおそるユオを見上げる。罵詈雑言を浴びせられ、全身びしょ濡れにされてしまった彼は、けれどまったく意にも介さず笑っていた。

「はっはっは、まるで癇癪持ちの赤ん坊だな」

「んまあ……！　言うにこと欠いて、赤ん坊ですって！」

「いいからさっさと上がってこい。孫娘の歓迎会を開くぞ」

濡れてより一層ワカメに似た髪をかき上げながら、ユオが人魚にそう言った。トゥトゥは、まだ用意もできてないのに……と思いながら、重大なことに気付いた。鍋を火にかけっぱなしだったのだ。

早めに話を切り上げようとトゥトゥが声をかける。

「あの、人魚さん……？」

「……本当に礼儀のなってない子。私にはコーネリアっていう、麗しい名があるんだから」

ツン、とコーネリアは顔を背ける。確かに美しい名だ。

「すみません、コーネリアさん。できればもう少ししたら上がってきていただきたいんですが……できますか？」

「ちょっと、人魚の王女を馬鹿にしないでちょうだいっ！　陸にぐらい上がれるわよ」

本当に人魚姫なんだ!?　驚いているトゥトゥにかまうことなく、コーネリアは両手を使って器用に飛び出てきた。

すのこの上に滑り下り、ピチピチと尾の部分の水気を飛ばす。風呂場にあった布で丹念に尾の水分を拭いて、その布を腰に巻きつけた。すると足の先から、見る見るうちに魚の鱗がなくなっていき、完全に乾燥する頃には、肌色の綺麗な二本の足が出現したのだ。

「どう？」

ふふん、と高飛車に笑うコーネリアだが、残念ながら体型までは変わらないようで、ずんぐりむっくりなままだった。

トゥトゥはどう反応してよいかわからず、とりあえず愛想笑いを浮かべた。

「何よその顔！　あんたが大家だなんて、絶対認めないから!!」

顔を真っ赤にしたコーネリアが、今までで一番の大声で叫んだ。トゥトゥは慌てて頭を下げる。

「申し訳ありません。コーネリアさん――ご飯の準備はもう少しかかりそうなんですけど、よければ……」

「ここで食べるわ！　ここに持ってきて！」

「今夜は野菜たっぷりのポトフだ。まあ来ないと言うなら仕方なし。おぬしの分まで全て食っておいてやろう」

威勢のよかったコーネリアが、ユオの発言を聞いて口を閉ざす。ぎゅっと皺ができるほど唇をすぼめているコーネリアに、トゥトゥは続けた。

「ポトフ、得意なんです」

「……」

コーネリアは仏頂面のまま、トゥトゥについてきた。

女の子の憧れの人魚姫は、怒りんぼで癇癪持ちで――存外素直なようだった。

＊＊＊

服を着替えて炊事場にやってきたコーネリアは、まだぷりぷりしていた。コーネリアの小言に最初のうちは謝っていたトゥトゥも、これはらちが明かないと開き直り、聞き流すことにした。

「そんなやり方はなってない」「ミンユはそんなことしなかった」などの小言を背に、トゥトゥはテキパキと手を動かす。積み上げられた食器を片付け、ちょうどいい具合に煮えていた鍋に調味料を加え、地下納戸（なんど）に吊るされていた干し肉を削り、パン屋と魚屋へ買い出しに走った。

「くっ、下宿代、絶対に上乗せしてやる……！」

トゥトゥは涙ながらに決意した。そういえば、下宿代のことは祖母から何も教わっていない。しかし、初対面の相手にお金の話はしにくかった。もう少し落ち着いてから聞いてみようと心に決める。

なんとか夕食の準備が整った頃には、もう日が傾（かたむ）いていた。

あまり遅くなると、どこにあるかわからない蝋燭（ろうそく）を、真っ暗な中探さなくてはならない。トゥトゥはユオに手伝ってもらいながら、手早く食事をリビングに運んだ。

「素敵なリビングですね」

「左様。ミンユは皆がここに集まると、いつもにこにこしておった」

食事をとるダイニングテーブルとは別に、大きな暖炉の前にはソファやテーブルまである。下宿人同士、顔を合わせられる場として祖母が設けたのだろう。

炊事場のかまどと別に暖炉もあるなんて、と、本日何度目かの感動にトゥトゥは包まれる。食器を並べながら、トゥトゥは「そういえば」と切り出した。

「この下宿屋の屋号は何ですか？」

「ヤゴ？」

ユオがキョトンとした顔で問い返してきた。

「下宿屋の名前です。うちの料理屋は、鉱山にある料理屋だから、〝石のかまど〟って名前でした」

「そのままだな」

笑ったユオに、トゥトゥは「確かに」とつぶやく。今まで気にしたことがなかったが、料理屋だからかまどとは、本当にそのままだ。

「ミンユの血だな。素直なところがよく似ている」

歌うところはまだ見ていないが、シュティ・メイなんて名付けるぐらいですもんね、とトゥトゥは苦笑した。

「残念ながらこの建物に名はない。宿屋時代にはあったかもしれんが、ミンユはもうそれを名乗っていなかった——跡を継いだのはおぬしだろう。新たに決めるといい」

屋号は受け継ぐものだが、ユオも知らないのならば仕方がないのかもしれない。

「いいの考えておきます」

「泊まる（ラフィー）・家（ヤム）、とかは止めてくれよ」

トゥトゥは一つ思い浮かんだものがあったが、ユオが言ったのとあまり遜色がない、どストレートな名前だったので、口をつぐんだ。

食器を並べ終える。初めて扱ったかまどで作ったにしては上出来だ。

「夕食の準備が整ったので、シュティ・メイを呼んできてもらえますか？」

トゥトゥは後ろにいるはずのユオに、振り返らずに頼んだが、返ってきたのは甲高い声だった。

「いやよ！　なんで私が鳥臭いあいつになんか、わざわざ近づかなきゃいけないのよ」

配慮ってもんを持ちなさいよね。そう続けながらコーネリアはダイニングチェアに座る。テーブルの上に並んでいる料理を見て、コーネリアは顔を顰めた。

「ちょっと、こんな緑色の草を食べるのなんて鳥だけでしょ。私は食べないわよ！　お肉ももっとパリッとしてジュワッとしてるのがいい！　魚なんて絶対いや！　ミンユは私の好きなもの沢山作ってくれたのに、こんな鳥の餌みたいな食事、信じられない！」

コーネリアは両腕を組んで、トゥトゥをギッと睨み上げる。

「作り直してちょうだい」

無理です、と言いかけて、トゥトゥは迷った。

単なる好き嫌いなら切って捨てるつもりでいたが、もしこれが「種族」の戒律だったら――。前世では、同じ人間の中でも文化が違えば食習慣が異なる場合が多かった。特定の動物を食べることを禁じている人たちもいた。ましてや人魚ともなると、食習慣など想像もできない。

王都は港町だ。これからの食生活は魚がメインとなってくるだろう。だが、人魚である彼女が、種が近そうな魚を食べるのを躊躇うことは、大いにありうることだった。

「これ。わがままばかり言って困らせるんじゃない。ハム娘」

答えあぐねていたトゥトゥの背後から、軽快な声が聞こえた。振り返れば、ユオとシュティ・メイがいた。庭で土いじりをしていた彼を、連れてきてくれたのだろう。

「こやつはここに来てすぐの頃に、魚を骨まで食べて驚かれたから拗ねておるのだ」

「拗ねてないわよ！　あんな小さいのに、骨を取って食べなきゃいけないなんて、面倒だから食べたくないだけ！」

ふいと顔を背けるコーネリアの頬はほんのり珊瑚色だ。

トゥトゥはほっと胸を撫で下ろした。

「どうぞ、頭でも尻尾でも好きに食べてください。それに、骨まで食べたほうがカルシウムもとれていいですよ」

「……何よ、かるてうむって」

「骨を強くする栄養素です」

あと、カリカリしなくなりますよ——とは、トゥトゥは言わなかった。

「シュティ・メイ。あなたはどうですか？　鳥料理、食べられますか？」

鳥が駄目となると、予算の面で随分と厳しくなる。恐るおそる聞いたトゥトゥを、シュティ・メイは無表情で見つめる。

五秒、十秒、十五秒——見つめられるが、もちろん彼が何を考えているのかはわからない。会話ができないって、大変だな、とトゥトゥは思った。

「え、えーと、トリリョウリィ、タベラレマァスカァ？」

トゥトゥが身振り手振りで伝えようとしていると、ぷっと噴き出す音がした。振り返ると、ユオが口元を手で押さえている。

「わ、私だって、今のはないなって思いましたよ！」

「自覚があるなら結構ではないか」

はっはっはと大声で笑い始めたユオの隣で、コーネリアが後ろを向いている。その肩が微かに震えているのを、トゥトゥは見逃さなかった。

「もうっ！　シュティ・メイ！　どっちなんですかっ！」

気恥ずかしさから顔を赤くしたトゥトゥが尋ねると、シュティ・メイは『うーん』と考えるように斜め上を見つめた後、リビングに大きく構えている暖炉を指差した。

そして、こくん、と一度頷く。

「火を通した鳥は食う——と言ったのであろう？」

ユオの言葉に、シュティ・メイは頷いた。見事な訳に、トゥトゥは感動を覚えた。

「くくりが大きすぎて返事のしようがなかったんですね……今度はもっと上手に聞けるように頑張りますね」

トゥトゥが気を取り直してそう言うと、シュティ・メイは再びこくんと頷いた。

「それじゃあ、料理が冷めないうちに食事にしましょうか。飲み物を持ってくるので待っててくださいね」

「俺も手伝おう」

「ありがとうございます。じゃあコップをお願いします」

　協力的なユオがトゥトゥの後をついてくる。炊事場で水差しやコップを手に取った二人がリビングに戻ると、コーネリアがまたもや甲高(かんだか)い声で怒鳴り散らしていた。

「私がいるところでは、その羽を仕舞いなさいって、何度も言ってるでしょ！」

「……」

「ちょっと、聞こえてるのはわかってんのよ！　口がきけないからって……なんでも甘やかしてもらえるなんて思ってたら大間違いよ！」

　館中に響く怒鳴り声。一体どうやって今までこれを静めてきたのかと、トゥトゥは天国の祖母に尋ねたかった。

　ユオは慣れているのか、気にも留めない様子でテーブルの上にコップを並べている。

　シュティ・メイはコーネリアに怒鳴られている真っ最中だというのに、テーブルの上の料理を興味深そうに見つめていた。対してコーネリアは、ダイニングテーブルから少し離れたソファに隠れるようにして叫んでいる。

　魚が鳥に捕食されるのを恐れるかのように、コーネリアはシュティ・メイの羽が怖いようだ。

　シュティ・メイがおもむろに立ち上がると、コーネリアはピタリと口を閉ざした。そして勢いよくソファに隠れる。しかし、シュティ・メイはコーネリアのもとへ向かったわけではなかった。

リビングの入り口で立ち尽くしていたトゥトゥの前へ来ると、彼は両手を突き出した。

「え？　……あ！　料理ですね。すぐに食べましょう」

早くご飯をちょうだい。そう言われたと思ったトゥトゥは、何度も首を縦に振った。しかし、シュティ・メイは首を横に振ると、トゥトゥの腕にある水差しを指差した。

「……持ってくれるの？」

シュティ・メイは、無表情のまま頷いた。耳の羽がひらひら揺れる。

トゥトゥは彼に水差しを差し出し、受け取ったシュティ・メイが、テーブルに運ぶために体を反転させた。羽を畳んだシュティ・メイの背中にトゥトゥがついていこうとすると、バシャンと水の撥（は）ねる音が聞こえた。

シュティ・メイの持つ水差しから、まるで噴水のように水が飛び散ったのだ。それを見て、トゥトゥは先ほど風呂場で見た光景を思い出した。コーネリアの、魔法だ。

トゥトゥは慌ててシュティ・メイの状態を確かめた。彼の上半身は水に濡（ぬ）れ、前髪からポタポタと水を滴（したた）らせている。

魔法で彼に水を浴びせたコーネリアが大きく叫ぶ。

「そこの鳥！　さっきから無視ばっかりしてんじゃないわよ！」

「うむ。食事には水はかかっていないようだ」

「……」

コーネリアの癇癪（かんしゃく）に、ユオの呑気（のんき）な声が続く。シュティ・メイは相手をする気がないのか、表情を一切動かさない。

——パンッ！

ビクリ、とコーネリアの体が震えた。トゥトゥは今打った両手を下げると、全員の顔をゆっくりと見渡した。

下宿屋には、それぞれ事情を持つものが集まっているのだろう。

元の世界と繋がっているのに、帰らずにこんな場所に留まっているなんて……何かしらの事情があるに決まっている。

そして彼らには、それぞれの習慣があり、価値観があり、生き方があった。

それらを否定しようとも、抑えつけようとも思っていない。

住人に快適に過ごしてもらってこそ、下宿屋。それは料理屋の娘として育ってきたトゥトゥの譲れない思いでもあった——が。

「下宿屋ルール、そのいち！」

今まで大きな声を一切出さなかったトゥトゥは、腹の底から声を出した。これでも、鉱山の荒くれものたちに揉まれて育ったのだ。流されているばかりじゃない。

「リビングでは、喧嘩しない！」

全員が一緒に過ごせる憩いの場として、祖母はこの場所を作ったはずだ。

「復唱！」

だから、この場所と祖母の思いは、守らなければならないとトゥトゥは思った。

「リビングでは、喧嘩しない」

「リ、リビング、では、喧嘩しない」

「……」

ユオ、コーネリアが、それぞれトゥトゥの言葉を繰り返す。シュティ・メイは話せないが、しっかりとトゥトゥの目を見つめていた。トゥトゥは満足し、大きく頷いた。

「じゃあ、ご飯にしましょう！」

＊＊＊

波乱万丈の一日が終わった。月明かりがこぼれる部屋で、寝間着に着替えたトゥトゥはふぅとため息をつく。

ここは、受付カウンターの裏にひっそりとある宿の管理人部屋。祖母が使っていた部屋である。ベッドと小さな棚が一つあるだけの、質素な部屋。壁には蔓で編んだ籠や、トゥトゥの見たことがないハーブが所狭しと吊るされていた。

「あああ……疲れた……湿布がほしい……」

思い返せば、夢のような一日だった。前世の記憶を持って生まれてきたというだけでも摩訶不思議だというのに。とことん不思議なことに縁があるようだ。

イケメン吸血鬼に、ヒステリック人魚、ちょっとデカい鳥……極めつけは、様々な異世界に通じる扉。

「よくもまぁ、こんな下宿屋を一人で守ってきたもんだ」

まだ開くことさえできていない荷物をまたいで、トゥトゥはベッドに潜り込む。綿の素材は丁寧に、何度も洗われてきたのだろう。柔らかくて暖かい。優しく、懐かしいような匂いがした。

「疲れには……寝るのが一番……」

明日から、また怒涛の日々が始まる。ご近所さんに挨拶回りにも行かなきゃいけないし、できれば野菜の卸し先も探したい。

「……おやすみなさい」

やることと盛りだくさんな明日を思い浮かべながら、トゥトゥは目を閉じた。

第三章

「きゃああ！　背後から飛んでこないでって言ってるでしょ！　あんたには配慮ってものがないの！」

「……」

「無視するなって、言ってるでしょー！」

シャコシャコシャコ。

藁（わら）をまとめて作ったタワシで浴槽を擦（こす）りながら、トゥトゥは庭で叫ぶコーネリアの声を聞き流していた。

祖母の下宿屋を継ぎ、しばらく経った頃。王都での生活にも随分慣れてきた。

生前、祖母が付き合いを絶やさなかったため、隣近所との関係は良好だ。祖母の跡を継ぐため田舎から出てきた純朴な孫娘――なんて、株もうなぎ上りだ。

下宿屋の内情については、祖母の加齢に伴（ともな）い規模を縮小したと思われているらしい。住人の姿が見えなくても、近所に不審がられず安心だ。

大家としては相変わらず毎日やることに追われていて、今も風呂掃除の真っ最中。

「大体こんなに外にいたら、肌が焼けちゃうじゃない！　新米のくせに私を風呂場から追い出すなんて！」

よっぽど居心地がいいのか、祖母がいなくなってからはほぼ一日中風呂場にこもっているコーネリアのせいで、風呂場にはカビが広がっていた。

「クエッ……クケッ」

「コッコッコッコッコッ……」

カビには換気が一番。開け放たれた戸の向こうには、トゥトゥが見惚れた緑の庭が広がっている。時折鶏たちが、トゥトゥは何をしているのだろうと見にくるため、入口に煉瓦を積んでバリケードを作っている。

「……な、何よ鳥、え？　見てみろって？　……きゃあああああ！　虫じゃない！　馬鹿ッ！　この馬鹿ッ！」

ＢＧＭはコーネリアのわめき声。二、三日も一緒に生活すれば、彼らが犬猿の仲――いや魚鳥の仲だということは見て取れた。トゥトゥは彼らを抑えつけるつもりはないので、よほど激しくならない限り、リビング以外では好きに喧嘩してもらっている。

「……はぁ」

簡単にキレるコーネリアから、毎日のように怒鳴られ続けているシュティ・メイ。彼も管理人が代わったことで生活に変化が生じ、色々思うこともあろうに、ただ風に揺れる草花のように静かに佇んでいる。

協力的なユオは部屋に閉じこもることが多く、不気味すぎて訪ねられない。

「――水、流そう」

掃除に使っていた茶殻(ちゃがら)や灰を掻(か)き出し、浴槽や床に水を流す。ラベンダーから抽出したオイルで、香りも整えた。なぜか磯(いそ)臭かった風呂場が、少しばかり元の姿を取り戻した。

「んーっ……！」

手首を持って、ぐいーっと体を伸ばす。ずっと中腰で掃除をしていたため、体がバッキバッキだ。しばらくは風を通しつつ、乾くのを待たねばならないだろう。鶏(にわとり)バリケードをまたぎ、トゥトゥは外に出た。

雑草を抜いているシュティ・メイの隣で、足を生やしたコーネリアが悲鳴を上げている。その周りを、鶏(にわとり)がコケッコケッと歩き回っていた。雑草を抜くことで土の中から出てきたミミズは、鶏(にわとり)にとってご馳(ち)走(そう)だ。

「なんでそんなに小さいのに抜いちゃうのよっ！　可哀想じゃない、あんたって本当ひどいのね！」

どうやら、コーネリアは雑草と野菜の見分けがつかないようだった。確かに水中暮らしの人魚には無縁かもしれない。

「あっ！　やっと出てきたわね！　もう掃除終わったんでしょ？　入るわよ！」

トゥトゥを見つけたコーネリアが叫ぶ。

「いや、まだ換気の最中なのでできればもう少し――」

「まだなの!?　いい加減にしてよ！　こっちはもうずっと外で待ってるのよ！」

眉を吊り上げて怒るコーネリアに、トゥトゥは「すみません」と続ける。

「室内をきちんと乾かしておかないと、不衛生ですから……」

「フエイセイ、ってなによ」

「汚いという意味です。不衛生だと……」

あまりお肌にもよくないですよ、と言いたいところだが、デリケートなことなので迷ったトウトゥは一度口を閉ざした。が、コーネリアには伝わったようだった。

「何よ！　自分が少しやつれてて、肌も丈夫だからって。私はあの環境がベストなの！　いらないことしないで！　もういいわ。洗い終わったなら、後は私が好きにするから」

風呂場に向かって歩き始めたコーネリアを、トゥトゥは慌てて追いかける。

「ごめんなさい！　でも、まだ水も張ってませんし」

「水なんて自分で出せるわよ！」

そう言って、コーネリアは鶏バリケードを乗り越え、浴室に辿り着く。

「……なんか緑の匂いがする」

くん、と鼻を動かしたコーネリアに、不快だっただろうかと心配したが、彼女はそれ以上言及することはなかった。

「見てなさいっ」

言うが早いか、トゥトゥがようやく洗い終えた浴槽に、一瞬でたっぷりの水が張られていた。

ここへ来た最初の日も驚いたが——コーネリアは水の魔法が使えるのだ。

トゥトゥが感心しているうちに、コーネリアは浴槽に飛び込んだ。スカートから太くぷりんとした、美しい色合いの尾ひれが覗(のぞ)く。

「ううっ、肌に染みるわ。日に照らされたせいね。だからイヤだったのよ」

　ブツブツ文句を言うコーネリアを見ながら、トゥトゥはふとさっき消したはずの磯(いそ)のにおいが蘇(よみがえ)っていることに気付いた。

「……もしかしてこれ、海水ですか？」

「海に繋(つな)げてるんだもの。当たり前じゃない」

　コーネリアはいつもこの浴室を、不思議な魔法で海に繋(つな)げていた——それを聞いて、トゥトゥは呆然とする。

「……じめじめとした不衛生な場所で、一日中光も浴びず、塩水に浸(つ)かってる……？」

「何？　説教しようっての？　あんたもうちのメイドたちと変わんないのね。二言目には外に出ましょうだの、皆待ってるだの……そんなの嘘だってわかってるんだから。だって私は、こんな肌なんだから」

　コーネリアの肌は吹き出物でいっぱいだった。

　顔の輪郭がパンパンに膨(ふく)れているのも、太っているせいだけでなく、顎(あご)ラインにできているニキビが炎症を起こしているのだろう。いつも顔が赤らんでいるのは、炎症が悪化して熱を持っているせいだ。

　きっと痒(かゆ)いに違いない。今は肌荒れ一つないトゥトゥも、それを知っていた。

　顔の不愉快な痒(かゆ)みを——そして人前に出たくないという気持ちも。

トゥトゥは大きく溜息をつき、心を鬼にしてコーネリアをキッと睨んだ。

「ニキビには清潔が一番大事！　手で触ったりするだけでも悪化するのに、濡れた髪が四六時中張り付いていてたら余計悪化するに決まってるじゃない！」

浴室は狭い。トゥトゥの怒鳴り声は壁に反響してよく響く。

「それに、海水!?　嘘でしょう？　肌を虐めるのが趣味なの？　濡れたままの肌はただでさえ細菌の温床なのに!?　正しい洗顔と、正しいケア！　これがなければニキビとさよならなんて、一生できないんだから！」

コーネリアは水面から、ただ唖然としてトゥトゥを見上げている。

「大体、毎日こんな狭い場所にプカプカ浸かってるだけで、碌に運動もしてないんでしょ!?　食べるものだって、あれもいやこれもいやって、体にいいものばかり残して、それじゃ老廃物だって出やしない！　ニキビは嫌でしょうよ！　辛いでしょうよ！　だけど、あなたは何か頑張ったの？　不貞腐れたりひがんだりしていいのは、努力した女の子だけ！　女の子は皆、努力してるんだから！」

トゥトゥの力説には理由があった。前世のトゥトゥもまた、コーネリアのように肌のトラブルに悩んでいたのだ。

トゥトゥがハーブに詳しくなったのは、市販されている石鹸や化粧水の類が、全く肌に合わなかったからだ。

思春期に、発疹や顔の赤みといったアレルギー症状にひどく悩まされた。赤らんだ顔を見られたくなくて、学生の頃はマスクをして登下校することもあった。

「う、嘘よ！」

今まで黙ってトゥトゥの言葉を聞いていたコーネリアが叫んだ。

「だって、だって姉さまたちは、美しいもの！　いつも海で生活しているのに、私と何も変わらないのに！」

「人と比べたってしょうがないでしょ！　体質っていうのはみんな違うんだから。受け入れて努力するのが大事なの！」

「駄目だったもの！　じいやが手に入れたどんな薬を呑んだって、メイドが持ってくるどんなパックを試したって、姉さまたちみたいに綺麗になれなかった！　わ、私は……恥ずかしい妹だもん！」

トゥトゥは胸が痛かった。

わかる。――なぜ肌に痒（かゆ）みが出るのか原因がわからなかった頃、何を試しても駄目だった。どんな方法も、自分には合わないんだと絶望した。そのうち、何かを試すことが怖くなった。これも駄目だったら、もし、自分に合う方法がこの世になかったら――それはトゥトゥにとって、この先一つの希望も持てなくなることを意味していた。

肌だけが全てじゃない。見た目だけが全てじゃない――そんなの、容姿に悩む年頃の女の子に、何の慰（なぐさ）めになるだろうか。

「恥ずかしいなら、努力しようよ！」

トゥトゥは強い声で言った。

あの頃は、無責任な慰めなんて欲しくなかった。「大丈夫」なんて言われても、顔の赤みは減らない。発疹は収まらない。欲しかったのは、効果のある治療法と、適切な助言だった。

「お姉ちゃんに見せてやろう！　綺麗になった肌でただいまって言ってやんなさいよ！」

「む、無駄よ……何したって、どうせ……」

「私が言う方法やったことないでしょ？　じゃあ、やってみなきゃ、わかんないじゃん！」

自信は言うほどありはしなかった。トゥトゥはニキビの専門家じゃない。

そもそも、前世の進んだ医学をもってしても、治らずに悩む人も多かった。

けれど、ただ引きこもって、小さな窓の向こうを見上げているだけじゃ何も変わらないのだ。

トゥトゥはコーネリアを説得しながら、自分の肌が改善した日の涙を、思い出していた。

「半信半疑でいい。治んなかったら何回でも、何年でも付き合う。あなたの肌が治るまで、ちゃんとサポートする」

熱弁するトゥトゥの瞳から、涙がこぼれた。

「……」

トゥトゥの涙につられたのか、コーネリアもじんわりと目が潤んでいる。

コーネリアは唇を噛み、水面を見つめる。

「……やってみる」

ポツリとつぶやく声は、いつもの怒鳴り声が嘘のように儚く弱々しい。

「だけど、あんたに付き合ってあげるだけよ。私は、もう治そうだなんて思ってないんだから」

自分に言い聞かせるようなコーネリアの言葉に、トゥトゥは微笑んで頷いた。

＊　＊　＊

トゥトゥはまず、信じられないほどズボラなコーネリアの生活習慣を見直すことから始めた。運動方法、食生活の改善、風呂で体を洗う順番など……トゥトゥはコーネリアにあらゆる指示をした。

「最初から厳しいといやになるかもしれないから」なんて甘やかしはしなかった。

「ちょっと！　これ、本当に私のためなの!?　人手がほしいだけじゃなくって!?」

不慣れなクワで畑を耕しながら、つばの広い麦わら帽子を被ったコーネリアが叫んだ。虫が出る度にいちいちクワを投げ捨てて逃亡するのも、またいい運動になっているようだ。

「人手不足も運動不足も解消できて一石二鳥ですねえ」

ぽかぽか太陽に照らされながら、トゥトゥがふぅと汗をぬぐう。その様子を見てコーネリアが文句を言う。

「大体、何でニキビのために運動するのよ！　そんなの一度も言われたことないわよ！」

「血の巡りや新陳代謝の改善のためですよ。外を綺麗にするには、まずは中から！」

トゥトゥはキリッとした顔でコーネリアを見つめる。

「それに、畑仕事は普段使わない筋肉を使えるし、中腰で作業をするのは体幹も鍛えられますよ。ダイエットの方は長期スパンで見ていきましょうね」

「また難しいこと言って！　もういいわよ！　あんたの言う通りにしてればいいんでしょ！」

文句を言いながらも、コーネリアはトゥトゥのしごきに必死に食らいついてきた。

トゥトゥはその姿に、いい意味で驚かされた。

朝起きて、トゥトゥと共にストレッチやランニングを済ませ、日中は宿の仕事を手伝い、夜は早く眠る。規則正しい生活をし、肌に休息時間を与えた。これだけでも、肌にとってはぐんっと環境がよくなったはずだ。

トゥトゥは畑仕事の手を止めて、コーネリアに向き合った。

「好転反応の間はよく我慢しましたね。これからぐんぐんよくなっていくので、もうしばらく辛抱して頑張りましょう」

「わかってるわよっ」

今は少し落ち着きを見せ始めたコーネリアの肌は、先日までニキビがそれはそれは活発化していた。トゥトゥはコーネリアに、体が生まれ変わるために、今までの悪いものが全て外に出ようとする好転反応の時期があることを、あらかじめ伝えておいた。そのため、活性化したニキビにはやはりショックを受けていたようだが、混乱はしなかった。

トゥトゥの見立てが的中したことが、コーネリアにとってトゥトゥを信じる理由の一つになったのかもしれない。顔が痒（かゆ）いのを我慢しながら、彼女は治療を続けている。

「まだ肌寒い時期なのに、こんなに暑いなんて……地面の上はおかしいわ」

「体を動かすから体温が上がるんです。新陳代謝（しんちんたいしゃ）をよくして、冷え性も治せるといいですね」

万年水の中にいるコーネリアの手足は氷のように冷たい。水中に潜るのは最小限にして、ぬるま湯に浸からせることもあった。

「……トゥトゥ！　トゥトゥ！　にょ、にょろっ！　あいつが出た！」

「ミミズですよ。給金もなしに土壌をよくしてくれる、大変ありがたいお虫様です」

いつの間にかトゥトゥを名前で呼ぶようになったコーネリアが、クワを放り投げてトゥトゥの背に隠れる。体を動かしてエネルギーを発散するようになったからか、以前よりも随分ヒステリックさが減ってきたようだ。

「コッコッコッコケッ！」

「ちょっと、トゥトゥ！　コケッコがこっち来てる！　近寄らせないで！」

「怖がるから面白がって近づいてくるんですよ」

小さな鶏に怯えるコーネリアに、トゥトゥは笑って言った。

「もっ、もういいから！　あっちやって！」

「はいはい」

今まで肌を洗ったことがないというコーネリアに、トゥトゥは洗顔の手順を教え込んだ。

『こんな面倒なこと毎日できない！　そんな気味の悪いもの顔に塗りたくるなんて信じられない！』

手順を説明する度にヒステリックに叫ぶコーネリアを、トゥトゥは黙殺した。その迫力に負けたのか、コーネリアは渋々手順を覚え、今では何とか形になっている。

まずは、洗顔前に手を清潔にすること。これは必ず徹底させた。

オイリー肌のコーネリアのために、オリーブから採れるオイルにローズマリーや馬油（バーユ）を混ぜてクレンジング材を作った。

水気のない肌に塗り皮脂を浮かせ、ぬるま湯で落とす。

次は洗顔。洗顔石鹸（せっけん）は、ペースト状に溶かした石鹸（せっけん）に、粉末のヨモギを練り込んで作る。ヨモギは抗菌性に優れ、抗炎作用や保湿作用もあるニキビ対策の強い味方だ。

両手にこんもりとのるほど泡を大きくしてから、ようやく洗い始める。決して指で擦（こす）らずに、泡で肌を撫（な）でるように、円を描く。

綺麗に流し終えたら、水で冷やしていたトゥトゥ特製のアロエ化粧水を浴びるようにたっぷりとつけて完了だ。


「顔の痒（かゆ）みがひどいみたいなので、ちょっと休憩しますか。洗顔して汗を流してきてください。その間に、お茶でも淹（い）れておきますね」

「えー……お茶ってあれでしょ……渋くっていや」

いつも飲ませているのは、殺菌作用や炎症、便秘によく効くネトルやドクダミ、ヨモギなどをブレンドしたものだ。日本人なら親しみのある味だが、元々お茶を飲まない人魚には苦味しか感じないのだろう。

「じゃあ、今日はすごくよく頑張ってくれたし、甘くて香りがいいのにしましょうね」

それを聞いたコーネリアは、パッと顔を輝かせると風呂場に向かって走っていった。あんまり可愛いコーネリアの後ろ姿に、トゥトゥはつい笑ってしまう。最初はどう扱っていいかわからなかったコーネリアを、妹のように思えるようになるなんて、ここへ来た初日のトゥトゥには想像もできなかっただろう。

「ふふふ……可愛い」

ついつぶやいてしまったトゥトゥの後ろを、スッとシュティ・メイが通った。

「――」

その時、何かが聞こえた気がして振り返る。鳥の声のような、草がそよぐような――不思議に思ったトゥトゥは、じっとシュティ・メイを見つめた。

畑をいじりながら、トゥトゥたちの会話を彼も聞いていたのだろう。倉庫から小さなテーブルや椅子を運び出している。その口元が、わずかに動いているのに、トゥトゥは気づいた。

――シュティ・メイ。

祖母がなぜ、この名を彼に付けたのか、トゥトゥはわかった気がした。

声が出なくても、彼は歌を歌う。歌と共に生きている。いつもは無表情な彼が、穏やかで幸せそうな顔でハミングをしている。トゥトゥは嬉しくなって、満面の笑みを浮かべた。

「ありがとう、シュティ・メイ。あなたも甘いほうがいい？」

トゥトゥが尋ねると、シュティ・メイは少し考えた後、こくんと頷いた。

炊事場の地下納戸はひんやりとしていて、食品の保存に向いている。野菜や、壺に入った豆などが並んでいる場所を通り過ぎ、トゥトゥはハーブの棚に辿り着いた。壁に取り付けられた棚に、いくつも並ぶ木箱。

「えーと、ジャーマンカモミールと、レモングラスと、シナモンちょこっとと、こないだ作ったドライアップルも入れようかな……」

木箱の中には、祖母が乾燥させていたハーブがたくさん入っている。少なくなってきたものは、残量を見ながら足す必要があるだろう。

「今はちょっと余裕がないけど、ハーブも売れるようにしておきたいな……」

ここの野菜やハーブは、こんなにおいしいのだ。売ってお金にしない手はない。何といっても、うちの下宿屋は、ど貧乏なのだから。

「……今度こそ聞かなくては。家賃の件……」

家賃はいくらで、どの程度の周期で支払われるのか。前払いなのか、後払いなのか……。祖母からの手紙には、なんと何一つ書かれていなかった。そろそろ回収しないと。冗談抜きで下宿屋が傾く。トゥトゥは溜息をつきながら炊事場へ戻る。

片手鍋を持ってかまどへ向かう。おき火に薪を加え、ハーブティを煮出した。お茶と、コップを入れた籠を持って、トゥトゥは庭に戻る。

庭にはすでにコーネリアが戻っていた。簡素な椅子に座り、隣にいるシュティ・メイにまた文句を言っている。シュティ・メイは、実は耳も聞こえていないのではないだろうかと思うほど、コーネリアの怒声に対して無頓着だ。耳についている小さな羽で、ふさいでいるのかもしれない。

「お待たせしました。お茶にしましょうか」

足元を我が物顔で歩く鶏を避けながら、トゥトゥがテーブルにコップの入った籠を置いた。持ってきたコップは三人分。もう一人の下宿人ユオは出かけているようだ。

テーブルの上に食器を広げ、庭に遊びに来た鳥の声を聞きながら、しばしの休息。春の突風に木々の葉が擦れる音が聞こえる。

いつもの緑色の茶ではないのを確認したコーネリアが、恐るおそるコップに口を付けた。

「……美味しい」

アップルパイのようなふんわりとした甘さが気に入ったらしく、コーネリアは珍しくにこにこしている。トゥトゥの心が春の日差しのようにほかほかした。

「そういえば、お二人はいつ頃この宿に来られたんですか？」

下宿屋に辿り着く条件はたった一つ。「ここではないどこかへ行きたい」とドアノブを持って願うことだとユオに聞いた。説明を受けた時はかなり切羽詰まっていたため聞き流したが、この理由は中々どうして重そうだ。

そのため、トゥトゥは理由については――コーネリアだけは、なんとなく察しているが、直接聞くつもりはない。だが、期間程度なら差し障りはないだろうと判断したのだ。

「私はそんなに経ってないと思うわ」

「えっそうなんだ!?　ずっと前からいるのかと思ってた」

「なによっ！　大きな顔してるとでも言いたいの⁉」

トゥトゥは曖昧に笑って逃げた。秘儀、前世での処世術。

「シュティ・メイは？　年数がわかるなら、指を折って教えてもらえませんか？」

シュティ・メイは大きく首を傾げた。覚えていないのかと心配したトゥトゥに、コーネリアが尋ねる。

「ネンスウって何？」

「あ、一年っていう感覚がないんですね。じゃあ、春が何度来たか、覚えてますか？」

シュティ・メイはこくりと頷いて、指を折り始めた。一年一年を思い出しながらなのか、その動作はゆっくりだ。片手が終わり、両手になり、もう一度元の手に戻る。トゥトゥは思いがけない本数を、固唾を呑んで見守った。

「十五の後の二本だから……十七⁉」

驚いたトゥトゥは目を真ん丸にする。

「すごい……思ってたよりもずっと長い……」

トゥトゥが滞在していたのが十八年前だから、その一年後にここに来たのだろう。

「ちなみにユオってどのぐらい前からいたか知ってます？」

シュティ・メイは首を横に振った。トゥトゥに以前会っているということは、最低でも十八年は下宿しているはずだ。

「にしても、十七年かぁ……」

いったい今はいくつなのだろう、とトゥトゥは不思議に思う。シュティ・メイの見た目は少年のようにも青年のようにも見えるのだ。

トゥトゥは甘いハーブティをこくりと飲んだ。

「あーやっぱり綺麗な川の水で淹れたハーブティって美味しい……」

トゥトゥはうっとりして微笑む。

このハーブティは、庭に新しく作った井戸の水で入れたものだった。

井戸を持っているのはお城や貴族のお屋敷だけ。その他の一般市民は川の水を使ったり、公共の井戸を利用するのがほとんどだ。

そのため井戸を作るとなると、大変な労力とお金が必要だが――実際は、かけた金額はゼロだ。

庭の空いている地面を少し掘り下げ、その周りに煉瓦で枠組みを作り、コーネリアに魔法で川に繋げてもらったのだ。

毎朝早くに壺を抱えて近所の井戸まで何往復もしていたトゥトゥは、一番忙しい朝の時間に少しだけゆとりを持てるようになった。全く顔を出さなくなれば、近所の者が不審がるだろうと、最低限は赴くようにしているが。

「甘いお茶は美味しいけれど、苦いのは嫌い」

コーネリアがそう言った時、春風がぴゅうと吹いた。今日は一段と風が強い。コーネリアの被っていた麦わら帽子が、風で飛ばされていく。

「待ちなさいっ！」

コーネリアは躊躇なく椅子から立ち上がると、ふわりふわりと、蝶が舞うように帽子を追いかける。

ニキビは多少目立つものの、溌剌としてきた最近のコーネリアは、時折ハッとするほど美しい。荒々しい言動が減ったのも一役買っているかもしれない。

葉っぱなんて鳥の食べ物——そう言っていたコーネリアでも食べられるような野菜料理をトウトゥは作った。食物繊維の多い根野菜や、ニキビに効くビタミンが豊富な葉物。これまで不足していた栄養素を、コーネリアはたくさんとるようになっている。

「驚いたわ。風って、帽子をさらうのね」

無事に帽子を捕まえたコーネリアが、パタパタと戻ってくる。

その笑顔に、腫れたような赤みはほぼない。顔の熱が引いたコーネリアの輪郭は随分と小さく見える。

「思っていたよりもハーブの効きが早いんですよね」

コーネリアが今まで全く薬草類を受け付けたことがないためか、庭に生えているハーブが立派だからか、トウトゥの予想以上に効果をもたらしている。

「それはそうであろうなあ。何と言っても、有翼人の歌を聞いて育った野草なのだからな」

トウトゥは口に含んでいたハーブティを噴き出すかと思った。いきなり耳元で聞こえたユオの声に驚いたのだ。

どうやら、足音を消してトウトゥの背後に回っていたらしい。

「なっ、んっ⁉」

「どうした。ああ、これか。全くいつまで怯（おび）えておるのだ」

ユオは頭に生えた角を、いつものようにぽきりと折る。どうやら、髭（ひげ）のように時間が経つと生えてくるらしく、起きてすぐは割と生えっぱなしなことが多かった。トゥトゥがまだ角を怖がっていると思っているユオは、気がつくと角や牙を折ってくれている。

しかし、今問題なのは角ではない。

「ちがっ！　普通にっ！　コホッ！　出てきてっ、ください！」

「ははは」

トゥトゥはむせながらユオに悲鳴のように叫ぶが、彼は笑うばかり。こほこほっと咳き込むトゥトゥの背を、シュティ・メイが叩く。

「茶か、いいな。俺も馳走（ちそう）になろう」

「コップ持ってきますね――の前に。シュティ・メイの歌が、なんて？」

聞き逃せないことを言われた気がして、トゥトゥはユオに向き合った。

ユオはやはり今までどこかに出かけていたのだろう。いつもよりきちんとした格好をして、椅子に座っているトゥトゥを見下ろした。

「有翼人（ハーピー）の特性だ。鳥は植物に実りを授けるだろう？　彼らの歌には恵みが含まれているのだ」

庭の野菜が信じられないくらい大きくて美味（おい）しかったのも、ハーブがまるで薬のように効き目がよかったのも――全て彼の歌の、おかげ……？

「すごい、そんな力があったなんて……！」

「……？」

しかしシュティ・メイは無表情で首を傾げるだけだった。彼には自覚がないのかもしれない。

「えーでも、そうなの、えええ、そうなんだ、そうなのかー……！」

喜びと悔しさのはざまで、トゥトゥは頭を抱えた。

だから祖母は庭の野菜やハーブを売らなかったのだ。これほどできのいい野菜やハーブ。採れたてを食べた人はみんな、健康に、そして幸せになったことだろう。

しかし、売りに出してしまったら、きっと出所はどこかと、色んな人に聞かれるに決まっている。もし、庭を見せてくれなんて言われたら――。鳥の羽を持つシュティ・メイや、魚の尾を持つコーネリアを思い浮かべ、トゥトゥは青ざめる。

「売れない、これは、売れない……！」

コーネリアの美肌計画にも結構な費用をつぎ込んだので、今度市場で野菜をお金に替えようかと思っていたが――絶対に売ってはいけないことをトゥトゥは確信した。

祖母から送ってもらっていた時、トゥトゥはハーブを少しずつしか使わなかったので、これほど抜群の効果があることに気付いていなかった。肌の治療という目的を持って使った時に、初めてその威力をしっかりと実感したのだった。

「ふむ。俺にはそう違いがわからんが――有翼人印の野草だ。この世界の王が飲む薬よりも効力は確かだろう。まぁ、精々励め」

ははは笑うユオに、コーネリアはいつものように怒るかに見えたが、ふんと鼻を鳴らすに留めた。

トゥトゥは自分を信じてついてきてくれている彼女の心が折れないうちに、治療の成果が出てくれることを祈る。

「ああ、そういえば孫娘。この間の呪術に使う水、少しだけもらったぞ」

「呪術……!? あ、ローズマリーの洗剤？ ……今回はサンプルとしてお分けしますけど」

サンプル、という言葉に首を傾(かし)げたユオに、トゥトゥは説明を挟んだ。

「ちょっとしたお試し見本みたいなもんです。次からはお金取りますからね！」

「おぬしは本当にがめついな」

「褒め言葉として受け取っておきます！ ……で。何に使ったんです？」

食器を洗うことなどないユオが、なぜ洗剤を必要とするのか、トゥトゥは不審に思った。

「まあ何、少しな。それよりおぬし、年寄りの頭皮を活性化させる薬は作れんのか？」

ユオの質問に、トゥトゥは少し考える。

「血行促進や、殺菌作用のあるハーブを使えば……。あとワカメやコンブとかも効きそうかな……」

自分のために作っていたシャンプーに、もう少し手を加えればできないことはないような気がする。しかし、こんなものがなぜ必要なのか——と考えたトゥトゥは真顔になった。

ユオは長く美しい髪を持っている。生え際は今のところ危なくなっているようには見えないが……後退し始めた人というのは、えてして、髪を伸ばす傾向がある。

「……ユオ、わかった。頑張ってみるからね」

彼の目を見てしっかりと頷いたトゥトゥに、ユオは少しばかり引きながら「よろしく頼んだ」と言った。

＊＊＊

ある日の朝、悲鳴のような声が炊事場まで響いた。朝食の支度をしていたトゥトゥは、杓子(しゃくし)を持っていた手を止める。

いつものように日が昇ると同時に、トゥトゥは目を覚ました。シュティ・メイと共に鶏(にわとり)の世話や畑の水やりを終えた頃に、コーネリアも起きてきた。トゥトゥとコーネリアは二人で軽いストレッチを済ませ、庭をランニングした。

始めたばかりの頃は、庭を一周歩くだけでもきつそうだったのに、最近は目標にしていた十周を、走り切れるようになっている。

その後トゥトゥは朝食を作るため、再び建物に戻った。バタバタと動いていると、コーネリアが湯をもらいに来た。蛇口をひねってお湯が出ないこの世界では、朝食の支度で沸かした湯を、保温性の高い陶器の壺に入れ保存しておく。コーネリアはそれを風呂場で洗面器に入れ、水を足して適温を作り洗顔に使うのだ。

そして、聞こえてきた悲鳴。

トゥトゥは持っていた杓子を置くと、急いで炊事場の扉を開けて庭に出た。

庭で鶏に囲まれ、ぼうとしていたシュティ・メイに、かまどの火を見ていてもらえるように声をかけ、悲鳴がした二階のコーネリアの部屋へ向かった。

「コーネリア、コーネリア。開けてもいい？」

コンコン、とノックすると、勢いよく扉が開いた。外開きだったため、額をぶつけたトゥトゥが衝撃を受けているうちに手を掴まれ、室内に引き込まれる。

「っ⁉　どうし……」

「手に、何も、当たらなかったの」

トゥトゥの腰にコーネリアがしがみ付いている。その手の力は強く、体は小刻みに震えているようだった。

「肌が、スルッて――」

トゥトゥは部屋を見た。コーネリアの部屋は彼女が故郷から持ってきたのだろう、麗しい家具や雑貨で溢れている。貝殻型のベッドや、真珠の玉をちりばめた椅子。

そして、いつもは固く閉じられている螺鈿細工が施された棚の扉が開いていることに気付いた。

その中がなんなのか、トゥトゥは知らなかった。けれど、予想はついていた。肌のことで悩んでいる少女が、決して開けなかった扉の中――それは三面鏡だった。

「もうずっと、見てなかったの、いやだったの。だから、だけど、だって……！」

きっと、コーネリアは……久しぶりに思ったに違いない――『鏡を見たい』と。

そして、彼女の期待は、裏切られなかったのだ。

「トゥトゥ、トゥトゥ……！」

コーネリアは、トゥトゥの腹に顔を押し付けた。

「……こんなの、初めて、初めてよ……！」

わあああん、とコーネリアは声を上げて泣き始めた。トゥトゥはコーネリアの背をぎゅっと抱きしめる。

コーネリアの肌は、驚くべき速度で快復へ向かっていった。

まずは冷え性と便秘が治り、次いで炎症による肌の熱と赤みが引き、触れただけではじけそうなニキビが収まっていった。

ここしばらくは化膿したニキビは見ていなかったが——今日ついに、根強く残っていた小さなニキビたちも姿を消したという。

シュティ・メイの歌で育った植物たちの効果は絶大で、トゥトゥの予想よりはるかに早い治癒だった。

「顔が、赤くないの。痛くないし、痒くもないっ……」

久しぶりに見た自分の顔は、きっとコーネリアがずっと望んでいた姿に違いなかった。

ポロポロと、コーネリアの涙が頬を伝う。

また、重そうだった体も、トゥトゥの予想よりもずっと早く痩せ始め、初めて顔を合わせた頃からは信じられないほどにほっそりとしている。

全てはシュティ・メイの歌と、コーネリアの懸命な努力のたまものだった。

「頑張ったからだよ。コーネリア、よく頑張ったね」

トゥトゥは思い出していた。顔が痒くてなかなか眠れないのが普通だった前世で、初めてぐっすりと眠れた日のこと。頭をのせた枕カバーからは、合成洗剤ではなく、手作りのハーブの洗剤の匂いがしたことを。

コーネリアの髪からは今、優しいローズマリーの香りがする。

「よかったね、よかったねぇ」

「うっ、うっ……うあああん……」

半信半疑でも、どうせ治らないと突っぱねながらでも、コーネリアは努力した。出会ったばかりのトゥトゥにすがりたくなるほど、悩んでいたに違いない。

トゥトゥはコーネリアの体を、もう一度ぎゅっと抱き返した。


「……何をやっておるのだ、おぬしたちは」

しばらく二人で泣いた後、開けっぱなしだったドアの向こうから声がして振り返った。

いつもは昼近くまで寝ているユオが起きている。トゥトゥはもうそんな時間になってしまったのかと焦った。

「こやつが起こしに来たぞ。まったく、何ごとかと思えば……俺はまだ眠い」

ふあああ、と欠伸をするユオの後ろから、シュティ・メイが無表情でもどこか温かみのある視線を送っている。

「それで、朝っぱらから何を二人で抱き合っておるのだ」

コーネリアはトゥトゥの腰にしがみ付いたまま、プイと顔を逸らした。コーネリアを抱いていたトゥトゥは、ふふふと笑う。

「コーネリア、とってもかわいくなったと思いません？」

するとユオは顎を撫でつけながら言った。

「見目で美醜を判ずるのは人間だけだな」

トゥトゥはうっと言葉を詰まらせた。

「――いいの。私は、嬉しいんだから」

そっぽを向いたままだったコーネリアがポツリとつぶやく。トゥトゥは嬉しくなって、ふにゃりと頬をゆるめた。

見た目で美しさを競うことは俗悪なことかもしれないが、美しくなるために努力している人は、その見た目がどうであっても、美しいとトゥトゥは思うのだ。

「……もうっいいでしょ！　ご飯食べましょ！」

居心地が悪くなったコーネリアの号令で、トゥトゥはかまどの火のことを思い出して階段を駆け下りた。

第四章

日差しがどんどんと強くなり、葉の色も濃くなっていく。暑さの盛りに入りかけ、空が真っ青に澄み渡る日が多くなった。春にまいた種がぐんぐん成長し、陸地を歩く人魚姫は作物を育てる喜びを知る。

コーネリアの肌は日に日によくなり、もうニキビはほとんどできることはない。精力的に室外に出るようにもなり、体を動かすようになったためか、体重もどんどん落ちてきている。コーネリアは、まるで蕾(つぼみ)が花開くかのように、美しくなっていった。

トゥトゥにとって一番変わったことは、やはりコーネリアとの距離だった。

これまでトゥトゥの粗(あら)ばかり探していた彼女が、びっくりするほど懐(なつ)いているのだ。トゥトゥがパタパタと働いている時、することもないのによく近くに座ってトゥトゥを見ていたりする。

コーネリアとシュティ・メイに関しては相変わらずといったところだが、二人で並んでいるところを見ると美男美女でとても絵になる。彼らの喧嘩にもならないやりとりに慣れたトゥトゥは、二人が一緒にいるところを見るのが嫌いではなくなっていた。

下宿人との距離が縮み、生活にも慣れが加わってくると、いよいよ死活問題が浮き彫りとなった。

「……金が、ない」

トゥトゥは自室で頭を抱えていた。高速で、トントントントンと指を机に打ち付ける。広げた数枚の硬貨を見て、溜息が絶えない。

成人四人が食べていくのは大変なことだ。

また、下宿屋を営んでいくのに必要なのは食費だけではない。

雑費だってかかる。夜の灯りには蝋燭がいるし、器や調度品が壊れれば買い換えねばならないし、引き延ばし続けている建物の修繕もしなければならない。

不甲斐ないことに、近所の商店にツケのお願いをして回り、両親には金の無心までしてしまった。

ご近所に申し訳ないのはもとより――実家の料理屋だって余裕があるわけでもない。トゥトゥがいない分、人手も足りなくなっているだろう。

しかし、両親は「二度はない」という託けと共に、馴染みの商人に数枚の硬貨を預けてくれたのだ。

「はぁ、こんなことになるなんて……」

このピンチの状況にはわけがあった。

下宿人たちが皆――家賃を収めないのだ。

「家賃収入ゼロって……ゼロって……！」

これは盲点だった。確かに、異世界からやってきた異形の――姿を隠さなければならないその身で、金を稼ぐ方法なんてあるはずがない。いやむしろ、そんな彼らに祖母が金銭を要求するはずがなかったのだ。

そもそも、下宿屋のシステムを理解していたのはユオだけだった。ある日ユオが、『心付けだ』と言ってトゥトゥに袋を渡してきた時、彼女は涙を流して喜んだ——のに。

『なんですか、これ』

ユオの渡してきたものを受け取ったトゥトゥは顔を引き攣らせた。

『コボルトの目だ』

次の瞬間、手のひらにあったそれを放り投げたトゥトゥは悪くない。

『気に食わなかったのか？　ではオーガの爪はどうだ。それとも飛龍の舌？　ケルピーの耳もあるぞ』

嬉々として次から次に自分の自慢のコレクションを見せてくる姿はまるで少年そのものだったが、全く、ちっとも、微塵も！　微笑ましくない。

『お金はどうしたんです、お金！　銅色のこういうまあるいのとか、銀色のこういうまあるいのとか！』

『そんな人間の玩具、俺が持っているはずなかろう』

トゥトゥは思わず頭を抱えてうずくまった。

『……とにかくっ！　お金！　お金をギブミー！　お金以外は、受け取りませんからっ!!』

ぎぶみ？　と首を傾げるユオの腕に、広げていたコレクションを全て押しつけた。

「だけどまさか、おばあちゃんがお嬢様だったなんて……」

トゥトゥがこの衝撃の事実を知ったのは、つい先日のことである。ベッドの隣にある、チェストの中に入っていた、トゥトゥ宛ての小さな管理ノートに書かれていたのだ。

そこには、下宿人たちの嗜好や習慣の他に、祖母自身のことについても書かれてあった。

元々爵位を持つ家に生まれた祖母は、平民である祖父と結婚するために、駆け落ち同然で家を飛び出したという。そんな無鉄砲な祖母を心配した高祖母が、餞別としてこの館を譲ったらしい。祖父と二人、宿屋を経営しながら幸せに暮らしていたが、祖父が没し、異世界人用の下宿屋にしてからは収入もなくなり、貯蓄で食いつないでいたようだ。最後の方は、調度品などを金に替えつつなんとかやりくりしていたという。

——遺してあげられるものが少なくて、ごめんなさい。手記はそう締めくくられていた。

「おばあちゃん、ずっと彼らを無料で受け入れてたなんて、すごすぎ」

それこそ天使のように美しく澄み切った心ではないか。唯一家賃として支払われているのは、得体の知れない生物の死骸の一部。祖母がどんな顔をしてそれを受け取っていたのか……想像するだけで涙が出てくる。

「金、金が欲しい」

ない袖は振れないとは昔の人はよく言ったものだ。下宿人に今すぐ金を持ってこいと言っても、皆ポカンとするだけだろう。それに、なんだかんだ言ってトゥトゥも彼らを追い出すことなんてできないのだ。

「——まあ、でも私も、異世界人みたいな、もんだしね」

家族や友と笑い合っていても、いつもどこか心細かった。自分だけが、ここではない場所を知っていた。

　でも、だからこそ、祖母はトゥトゥならここの下宿人たちを心から受け入れられるのではないか、と考えたのかもしれない。

　トゥトゥにとっては、大好きな祖母に託されただけの下宿屋。しかし今は、トゥトゥにとって初めて心細くない場所となっていた。

「仕方ない、内職を増やすか……」

　現在トゥトゥは、近所から請け負った繕い物の内職をしていた。料理屋時代の経験が生き、そこそこ仕事を回してもらっている。

　他所から糸紡ぎの仕事でももらおうか——トゥトゥが頭の中でそろばんをはじいていると、部屋のドアがキィと開いた。

「孫娘、来てみろ」

　ユオがドアから手招きしている。どうせろくでもないことだろうと思いながら、トゥトゥはユオについていった。

　建物から出て、庭に下りる。今は鶏小屋になっている厩と、倉庫の隙間の奥へ進む。まさかついに空腹に耐えられず、私の血を吸うつもりなんじゃ……とトゥトゥが内心冷や汗をかき始めた頃、ユオが振り返った。

「こちらへ来てみよ」

「え、いやぁ、私もまだ自分の身は可愛いっていうかぁ……」

「何を言うておる」

　黙って来てしゃがめ、というユオの言葉通り、トウトゥは少し前に出てしゃがんだ。

「あそこを見てみろ」

　ユオは茂みを指差した。いくら真昼間とは言え、背の高い厩と倉庫に挟まれたこの狭い場所で、茂みの中を見るのは難しい。目を凝らしていると、茶色い毛のようなものがちらりと見えた。

「っ！　何かいる？」

　ネコだろうか。一瞬だが、見えた毛並みは綺麗だった。どこからか逃げてきた家畜かもしれない。

「おいで……」

　トウトゥが言うと茂みが大きく揺れる。驚かせてしまったかと、トウトゥは慌てて口をつぐむ。

「異界の四つ足だ」

「異界……ってことは」

　お客さん!?　トウトゥは身を乗り出した。

「本当に、異世界から来るんだ……」

「空き部屋が五つあったからな。その内の一つの扉が繋がったのだろう」

　そんな勝手に繋がっちゃうのかと、実際に異世界からやってきたばかりの客を見て、トウトゥは驚きを隠せない。

　トウトゥとユオが見守っていると、茂みから鼻先が出てきた。そのまま顔を、こっそりと覗かせている。

「か、か、か、可愛い……!!」

顔だけを出し、こちらの様子をうかがっているのは、子犬のような動物だった。

くりくりのおめめに、小さな二つの角、ふわふわの毛に覆（おお）われた顔。その表情は不安からか、警戒心がまるだしで、口がへの字に曲がっている。前世でも今世（こんせ）でも見たことがない生物だった。

ぽてぽてとした小さな足が、茂みから出たり入ったりを繰り返している。

とんでもなく可愛い。しかし、この子が異世界からの客だと言うのなら、明らかにただ飯ぐらいが増えるということだ。トゥトゥは現実的な焦りも感じた。

「……家賃……は、持ってなさそうですよねえ……」

「そうであろうなあ」

ユオは笑って答えた。

「うーん、でもこんな小さいんだし……お客っていうより、迷子かな？」

ついつい焦ってお金の方に考えを巡らせてしまったが、あまりにも小さなその獣が、自発的に異世界からやってきたとはトゥトゥには思えなかった。

トゥトゥは、手のひらを差し出して「おいでおいで」と指を動かした。

しかし、トゥトゥの手から逃げるようにビュンと勢いよく茂みに潜（もぐ）り込む。

「ありゃ、駄目だったか」

元々動物に強く好かれる気質ではない。それならば、鶏（にわとり）に好かれているシュティ・メイのほうが、まだ効果があるだろうか。うーんと考えていたトゥトゥの隣でユオが笑った。

「人は強欲だからな。物珍しければ欲し、見目が秀でていれば欲し、足で毛皮を踏むために欲し——恐れるのも無理はない」

トゥトゥはユオの言葉にショックを受けた。反論ができなかった。

茂みの奥に隠れたこの子にとって、もしかしたら人間は恐怖の対象以外の何物でもないのかもしれない。

そして、トゥトゥは自分の先ほどの考えが見当違いかもしれないと感じた。この子は、自発的にこの下宿屋に来たのかもしれない。この小さな足で、必死にどこかの扉を開けたのだろうか。

〝ここではないどこかへ行きたい〟と願って。

「……ユオは、抱き上げたりするのは無理ですか？」

「ははは、俺の方が無理だろう」

ほれ、とユオが戯れに手のひらを差し出せば、茂みは今までで一番大きく、ガサガサガサと揺れる。

「どうすりゃいいのよー……この子も、その……こっちの話してることがわかったり、知性があったりすると思う？」

今まで話が通じた異世界人は、皆人の形をしているが、一部分は動物の姿をしている。トゥトゥがユオに聞くと、ユオは「さてなあ」と顎を擦る。

「通じるものもいるだろうし、通じないものもいるだろう。だが、どんな相手だろうと侮れば、まず相手の信頼は得られんだろう」

トゥトゥは神妙な顔で頷いた。接し方によっては、相手の心に傷を増やしかねないと思ったからだ。

「ユオ、そこで見ていてください。食べられそうなものをいくつか持ってきますから」

「おや、ただ飯ぐらいを引き入れるのか？」

「吸血鬼に、人魚に、有翼人（ハーピー）……今さら一匹増えたところで、変わりませんよ」

変わらないはずがないとわかりながらも、トゥトゥは強がった。もし人によって傷ついてこの場にいるのなら、できるだけ、優しくしてやりたかった。

トゥトゥは足早に炊事場へ戻り、食べられそうなものを手早く木の皿に盛る。そして急いで庭に駆けた。

「まだいますか？」

「微動だにしておらんよ」

はははと笑うユオに、トゥトゥはほっとする。木の皿を茂みの前に置き、トゥトゥは努めて優しく声をかけた。

「お腹が空いたら食べてね。気が向いたら、出てきてほしいな」

茂みからは何の反応もない。トゥトゥは諦（あきら）めてその場から立ち去る。

万が一にも町や森に出てしまわないように、トゥトゥはいつも庭にいるシュティ・メイに話を持ち掛けた。

「出てくるのを怖がってるんだけど、見られる範囲でいいから気にしてやっててくれませんか？」

シュティ・メイはこくりと頷いた。その表情はいつも通り凪いだものだったが、厩の方に顔を向けていたので大丈夫だろう。

鶏にいじめられることはないと思うが、シュティ・メイを足蹴にし、コーネリアをからかうほど豪胆な鶏たちだ。一応だが伝えておいた方がいいだろう。

トゥトゥはしゃがみ込むと鶏と目を合わせた。

「とってもかわいい子犬ちゃんがいるけど、いじめちゃ駄目だからね」

「コケー」

「追いかけまわしたり、踏んづけたりしたら……丸焼きにしちゃうから」

「コケッ！　コッ！　コケッ！」

最初はしらーっと答えていた鶏が、まるで人の言葉を理解したかのように、丸焼きに反応して勢いよく返事をした。シュティ・メイを見上げると、彼はトゥトゥを見てしっかり頷いているため、トゥトゥも頷き返して立ち上がった。


しばらくの間、昼夜を問わない警戒体制をとっていた。

朝から夕方までは、シュティ・メイが庭から様子を見てくれている。鶏に対して吠えているのか、時折庭まで聞こえる「めうめうっ」という鳴き声は、あの小さな獣のものだろうと予想がついた。

夜はトゥトゥの仕事が終わるまでは茂みの前に簡易的な柵を取り付けた。可哀想だが、知らない間に迷子になって元の世界に戻れなくなったり、他の人に見つけられてトラブルになるよりもいいと思ったのだ。

あの獣を発見した日、ユオは異世界と繋（つな）がった部屋の特定と、不審者の確認を担（にな）った。部屋を特定しておかないと、うっかり異世界に繋（つな）がってしまうかもしれないからだ。

ユオに言われるまですっかり失念していたトゥトゥは、彼の気遣いに感謝した。

仕事を終えるとトゥトゥは急いで毛布を一枚引っ掴（つか）み、庭へと向かった。耳を澄まして、茂みの奥に存在を確認すると、トゥトゥは毛布を体に巻き付けて庭で眠った。

コーネリアが「少しはゆっくり休みなさいよ！　体壊すんだから！」と不安そうに怒っていたが、どうしても、放っておけなかった。

日中警戒しているためか、その獣は夜は体力を消耗して眠っている。朝茂みを覗（のぞ）くと、体を横たわらせ、くぅくぅと眠っていることが多かった。

餌（えさ）を与えてはいるが、どうやら日に日に消耗しているようだ。

トゥトゥは寝ている隙に体を見てみたが、怪我をしている様子はなかった。病気でもなさそうだ。

「寂しくないのかな……」

手を差し出しても、まだ茂みから出てきてはくれない。

動物に関して、トゥトゥはほとんど知識がない。どうすればいいのかわからずに、はあと息をついた。


そんな日々が続き、結局内職を増やすどころではなくなったが、今請け負っているものは期限がいた。

ある。最近、獣にかまいすぎて溜め込んでいた縫い物を、トゥトゥは急いで終わらせようとしていた。

コーネリアは基本的に暇人だ。ソファの上で寝転がりながら、トゥトゥの近くにいる。トゥトゥが美容品を作っている時は、興味津々に見つめているが、大抵のことには興味がない。

今も余程することがないのか、髪の毛先を見て枝毛を探している。

しかし、両足は天井に向けて伸ばしており、閉じたり開いたりと太腿を細くするためのエクササイズをしているようだ。

最近では、初対面の頃の彼女と同一人物だという方が無理がありそうな、美しい人魚になっていた。

また、随分ととっつきやすくなった。シュティ・メイに対してはまだ警戒心が解けないようだが、トゥトゥやユオに対して無意味に威嚇する態度はとらなくなっている。親しみを込めてトゥトゥは彼女を「ネリー」と愛称で呼んでいる。

ポツポツと、庭から雨音が聞こえた。鶏の慌てる声も聞こえ始め、雨足はどんどん激しくなっていった。開け放した戸から外を見やると、空がだいぶ陰っている。

天気雨では終わりそうにない気配を察し、トゥトゥは慌てて針を針山に刺すと、大急ぎで立ち上がった。

「洗濯物！」

トゥトゥの号令で、コーネリアもソファから飛び起き、走って外に向かった。トゥトゥも慌てて追いかける。

コーネリアは、庭にある井戸の前に立ち、繋がっている川にこちらの雨水が流れないように、念のため接続を切った。トゥトゥは洗濯ロープの端を持ち、少しずつ折り畳みながら洗濯物を籠に放り込む。

シュティ・メイは鶏たちを無事厩に入れ終えたようだ。指を差して数を数えている。

トゥトゥは洗濯籠を厩の物置の上に置くと、奥の茂みまで走った。

「めう……」

鳴く声は、いつもの声からは想像できないほどか弱かった。胸がぎゅっと締めつけられたトゥトゥは、茂みを分け入る。

今まで絶対に安全だった茂みの中に人間が入ってきて驚いたのか、小さな獣はびくりと体を揺らした。

ふわふわとしている毛が雨に濡れ、すっかり縮こまっているように見える。

トゥトゥは雨が止まぬ中、濡れた地面に膝をつき、心を込めて呼びかける。

「ねえ、あのね。私、まだ新米大家だし、うちはジリ貧宿だから、豪華な暮らしとは言えないんだけど……」

小さな獣は混乱しているのか、ぐるぐると同じ場所を走り回っている。

「ここには君を捕まえようとする人はいないし……いたとしたら、私が守ってあげる。うちって下宿屋だからさ、君さえよければ……ちょっとだけでも、泊まっていかない？」

伝わるのか、トゥトゥにはわからなかった。だけど、トゥトゥは手を出した。伝わればいいと思って——トゥトゥの言葉が、思いが。

走り回るのを止め、じっとトゥトゥを見上げる瞳を、トゥトゥも見つめ返した。

その力強さに負けたのか、小さな足でぽてぽてと近づいてくると、ぺたんとトゥトゥの手のひらに顎(あご)をのせ力を抜いた。

雨に濡(ぬ)れて冷たくなった体を、トゥトゥは大急ぎで抱き上げた。動物の抱き方もよくわからないトゥトゥは、自分のエプロンで腕の中の獣を包み込む。

「トゥトゥ！　何やってんのよ！」

建物の中に先に入っていたコーネリアが、びしょ濡(ぬ)れのトゥトゥを見つけて悲鳴を上げる。トゥトゥは、乾いた布で自分の髪をまとめているコーネリアに、エプロンごと抱いているものを渡した。

「えっ、ちょ、何⁉」

「ぎゅって抱いてあったためてて！」

「え、え、ちょ、えっ‼」

突然のことに弱いコーネリアは、トゥトゥと腕の中の物体を交互に見ている。エプロンの中から、獣が顔を出すと、息を呑んで固まった。

固まるコーネリアをよそに、トゥトゥはかまどの中に薪(たきぎ)を放り投げると、水を張った鍋を置く。沸騰させ蒸気で周囲を暖める間に、乾いた布を納戸(なんど)に取りに行く。

炊事場に戻ると、面食らいながらもなんとかコーネリアは抱っこを続けていた。

その間に、パンを細かくちぎってぬるま湯でふやかす。くったりとしている体を乾いた布で包み直し、かまどの前で暖めた。木匙（きさじ）にのせたふやけたパンを口元に持っていくと口を開けたので、ゆっくりと食べさせる。

「……これが、近頃いっつもトゥトゥのかまってたもの？」

かまどの近くの椅子に座り、膝の上に獣を乗せているコーネリアは、微動だにせず言った。

「そうだよ。小さくて、あったかくて……生きようと、頑張ってるでしょう？」

コーネリアはそれには何も返さない。ただ硬直したまま、膝を貸し続けている。

「新しくうちに下宿する子だから、仲良くしてあげてね」

「えっ、それはいや」

コーネリアが即座に返事をした時、庭の方でブルブルッと音がした。トゥトゥが庭を見ると、濡（ぬ）れた羽を震わせて水気を切るシュティ・メイがいた。

その手には洗濯籠（かご）がある。トゥトゥが忘れていたものを持ってきてくれたようだ。

「忘れてた、ありがとうございます！」

シュティ・メイはこっくりと頷いて籠（かご）を手渡すと、コーネリアに近づいた。

「な、何よ」

コーネリアを一瞥（いちべつ）したシュティ・メイは、膝の上で寝息を立て始めた獣の襟首（えりくび）を掴（つか）む。あっという間もなく、シュティ・メイは自分の翼でその獣を包んだ。

「……た、確かに、一番暖かいもんね……」

シュティ・メイは満足げだ。動物が好きなのかもしれない。トゥトゥはシュティ・メイに寄り添って、翼に抱かれた小さな獣を見つめた。

乾いてきたのか、ふわふわとした毛が復活してきた。そして、なんとその獣は、シュティ・メイの翼にも負けないほど、真っ白い毛に包まれていた。

随分と泥で汚れていたようで、ちょうど雨で流されたのだろう。てっきり茶色の毛だと思い込んでいたトゥトゥは驚いた。

大きなくりくりの瞳の上には公家のような丸い眉があり、愛嬌がある。尻尾は四つに分かれていてまるで四つ葉のクローバーのような形をしていた。どこもかしこもふわふわで、つい触れたくなるような愛らしさだった。

シュティ・メイが近くにいるせいでトゥトゥのそばに近づけないコーネリアは、炊事場をうろうろと歩いている。

「何て呼んだらいいですかねえ」

「先人に倣うべきだろう」

ふぁあ、と欠伸をしながら炊事場へ入ってきたのはユオだ。時刻はもう昼を過ぎている。

「どういうことですか?」

「ミンユは名を与えたぞ」

「なるほど」

この子が言葉を話せないことはこの数日で知っている。名前がもしあったとしても、こちらに伝える術はないだろう。トゥトゥは腕まくりをし、うーんと首を捻った。

「尻尾が四つ葉みたいに分かれているから、ヨツバ、とか……？」

「ふむ。紛うことなき、ミンユの孫」

ユオにつっこまれトゥトゥはほんのりと顔を赤らめる。こほん、と咳ばらいをすると気を取り直して言った。

「さ。皆さんも着替えましょ」

風邪を引かないうちにと、全員濡れた服を着替える。せっかくなので、風呂も沸かして順番に入った。

そして木箱に毛布を詰めた急ごしらえのベッドをリビングに用意し、ヨツバを寝かせた。


下宿屋は朝も忙しいが、夕方も忙しい。トゥトゥがバタバタと働いていると「めう！」という声が聞こえた。

夕食の片づけをひとまず置いて、トゥトゥはリビングに戻る。シュティ・メイを前に、小さな四つの足でぷるぷると立つヨツバがいた。

「起きたんですね」

夕食後も様子を見てくれていたシュティ・メイに礼を言ってヨツバに駆け寄る。知らない場所で、知らない顔に囲まれ震えていたヨツバが、トゥトゥを見つけて飛んでくる。

トゥトゥの後ろに隠れて、ヨツバがシュティ・メイを威嚇する。すると、ソファに座っていたコーネリアがおもむろに立ち上がって、怒った顔でこちらに向かってきた。まるでヨツバに張り合うように、トゥトゥの腕を組む。

「めうっ！」

睨みつけてくるコーネリアからも、シュティ・メイからも目を逸らしながら、ヨツバは鳴いた。

「なによ、このチビ！　トゥトゥに吠えるなんて生意気よ！」

「まぁまぁまぁまぁ」

コーネリアに怒られ、ヨツバは涙目でプルプルとしている。

悔しさからか、ヨツバがトゥトゥの足を前足でペシンと叩いたので、再びコーネリアが目くじらを立てる。

「こいつ……助けてもらってその態度は何よ！」

コーネリアの怒号に驚いたヨツバは、その場で跳ね上がると逃げ場を探すようにリビングの中をぐるぐると走り回る。

「ああ、もうっ！　ちょっとネリーは静かにしてて！」

しぃっ！　とトゥトゥが強めに言うと、コーネリアは唇を尖らせながらも無言になる。

「待って、落ち着いて、大丈夫よ。こんなこと言ってるけど、本当は自分で鳥もしめられないようなお嬢様なんだから。怖いことなんかできっこないわ」

パニックになっているヨツバに、トゥトゥも混乱しつつ語りかけた。

トゥトゥもあんまりな言い草だが、ヨツバはその言葉に信憑性を感じたのか足を止める。しょぼくれた顔で、うるうると瞳を潤ませながらも、トゥトゥに前足でパンチするのを忘れない。

コーネリアがまた怒りそうだったため、慌ててトゥトゥはヨツバに話しかけた。

「ねえ、君にも名前があるかもしれないけど――その名前を知るまで、ヨツバって呼んでもいい？」

ヨツバはトゥトゥの言葉を聞くと、パンチする手を止め「ぷすん」と鼻を鳴らした。その反応に首を傾げるトゥトゥを見て、なぜかショックを受けたようにヨロリとヨツバがよろめく。

そしてもう一度、二度、「ぷすん！」と鼻を鳴らして何かを訴えている。

「……花粉症……？」

鼻が痒いのだろうか、と心配し始めたトゥトゥに、ヨツバは怒り心頭だ。バッシンバッシンと小さな四つの足で床を叩いている。

その時、ソファから立ち上がったシュティ・メイが、ヨツバの襟首を掴んだ。猫のようにぶら下がったヨツバは、声にもならない声で悲鳴を上げる。

シュティ・メイは自分の腕の中に抱き入れると、トゥトゥに向かって一つ頷く。トゥトゥは一人と一匹を呆然と見ていたが――パンと手を叩いた。

「ヨツバで、いいって言ってるの？」

シュティ・メイがもう一度頷いた。

肝心のヨツバはといえば、シュティ・メイの腕の中で目を白黒させながら、必死にもがいている。

だが、自分が床からどれほど離れているのかを見ると、銅像のようにカチンと固まる。

トゥトゥは、大丈夫だからね、という気持ちを込めて、ヨツバのふわふわの毛を撫でた。

「ようこそ、ヨツバ。これからよろしくね」

こうして、下宿人――もとい、ただ飯ぐらいは、三人と一匹になったのだった。

第五章

シュティ・メイの育てる作物は、質がいい。

コーネリアの美肌計画時にしみじみとその効力を実感したつもりでいたが、やはりいつでも驚かされる。

「うーん、なるほど。そうきたか」

トゥトゥは腕組みをして、庭先の軒を見上げていた。軒下には、紐で吊るされたたくさんの花とハーブ。トゥトゥが下宿屋に来てすぐに干し始めたため、すでに随分経っているにもかかわらず、まだ乾ききっていなかった。

「切り花でこれだけ長持ちするとか……売ったら一体いくら……いや考えるな……考えるんじゃないトゥトゥ……」

自らの雑念を振り払い、シュティ・メイの威力に感心する。

「でもさすがだとはいえ、乾くのにこんだけ時間かかるのはちょっと困る……」

そろそろ、今干しているものを引き下げ、カモミールやフェンネル、レモングラスに切り換えたかった。急がなければ祖母の在庫が底をつきそうだ。

どうするかなぁとトゥトゥは頭を悩ませる。一体今まで祖母はどうやって乾燥させていたのか……。シュティ・メイは知っているかもしれないが、どう聞いたら彼が答えられるかがわからない。

「前世では普通に干したらすぐ乾いてたし、面倒な時は電子レンジを使ってたもんなぁ……」

前世はベランダ菜園だったため、本当にささやかなハーブしかなかったが、その経験のおかげで、祖母のハーブを扱えている。しかし、今はその便利な機材が羨ましい。

「かまどで焦げないように炙ってみようかなぁ」

うーーんとトゥトゥが腕組みをして首を捻る。その背後には、ヨツバが仲間入りしたことで、ずっと賑やかになった庭が広がっていた。

「コケッコココッコケッ」

「めう！　めう、めう！」

「あんたたちうるさいわよ！　少しは近所迷惑ってものを考えなさいよね！」

誰が一番うるさいか、トゥトゥはあえてつっこまなかった。その光景をぼんやりと眺めているシュティ・メイも同じ気持ちだろう。王都から外れた場所にあり、近所とは距離があるとはいえ、今度一度挨拶に行っておいた方がいいに違いない。

「めうめうっ」

「コッコッコッコッ」

「ヨツバも鶏たちも、言うこときなさーい！」

最初はびくびくと怯えていたヨツバだったが、近頃は楽しそうに走り回るようになった。

ヨツバにも一応部屋を与えているが、あまり部屋で眠ることはない。トゥトゥの隣に潜り込んできたり、リビングの窓の前で腹ばいになって眠っていたりする。どちらにしろ、随分と慣れてきたようでトゥトゥもほっとした。

ヨツバが入ったことで先輩となったコーネリアは、少しばかり動物たちの面倒をみるようになった。その中には今まで「コケッコ」と呼んでいた鶏も含まれている。

「コケッコ」呼びが可愛かったのでトゥトゥは訂正しなかったが、いつの間にか「鶏」と呼ぶようになっていた。きっとユオ辺りに笑われたのだろうと推測している。

先ほどまでぼうっとしていたシュティ・メイが、何やら長い棒を持ってきた。

背が高くなる植物に支柱を添えるつもりだろう。トゥトゥは手伝おうとそちらへ向かう。

「シュティ・メイ。紐で括りましょうか？」

尋ねると、彼はこくんと頷いて倉庫を指差した。了解、と伝えて倉庫の扉を開ければ、今まで庭ではしゃぎまわっていた鶏やヨツバが一斉に駆け寄ってくる。

「あっちょっと！　入っていいなんて言ってな……こらー！」

我先にと入ったヨツバが壺や木箱に興奮してピョンピョン飛び跳ねた。鶏たちも、隙間という隙間に首を突っ込んだり、藁の袋に自慢のくちばしを突き刺したりしている。

「やめやめやめー！　ほら、出てってー！　ヨツバ！　ヨツバさん！　鶏たちを追い出して！」

お願い！　とトゥトゥが下手に出ると、藁で編んだ袋を咥えて遊んでいたヨツバが振り返った。

そして「ぷすん！」と鼻を一つ鳴らす。

「めべううっ！」

びっくりするほどの大音量だ。トゥトゥは慌てて耳を塞いだが、鶏たちは驚いて飛び上がった。混乱した鶏たちは羽をばたつかせながら、大急ぎで明るい庭へと走り去っていく。

倉庫の中には、舞う埃と鶏の羽。そして——得意げな顔で「ぷすん！」と鼻を鳴らす、ヨツバがいた。

ヨツバ大先生に外に出てもらうと、トゥトゥは簡単に倉庫の中を片付けた。壁に、紐用の蔓がかけられていたため、ナイフで適当な長さに切ると、慌ててシュティ・メイのもとへと戻った。

シュティ・メイはトゥトゥが戻ってくるまでに、作業を終わらせて——いるなんてことはなく。のんびりとそよ風に揺れ、声こそ出ていないものの、ハミングしながら待っていた。木陰に佇む純白の羽を持ったイケメン。トゥトゥは何度も目を擦って現実かどうか確認した。

「……？」

パチパチとトゥトゥが瞬きを繰り返す中、シュティ・メイは不思議そうな顔でこちらを見ている。

トゥトゥはハッとする。

「駄目だ、何度見てても慣れない……天使様が木陰で賛美歌を歌ってるようにしか見えない……」

まるで宗教画のような美しい姿だ。トゥトゥは見惚れていたのを悟られぬよう、笑顔を張り付けた。そう、彼はちょっとデカい鳥。

「紐はこれで大丈夫そうですか？」

トゥトゥが渡した蔓を見て、シュティ・メイはこくんと頷いた。ナイフを手渡すと、彼は慣れた手つきでそれを細く割き、トゥトゥにポンポンと渡す。これで結べ、ということだろう。

「お上手ですね。こんな風に、祖母を手伝ってくださってたんですか？」

トゥトゥが尋ねると、シュティ・メイは手を止めて、空を見上げた。トゥトゥはナイフを持ったままの彼がぼんやりするのが不安で、話しかけるタイミングを間違えたと感じる。

随分と長い間、シュティ・メイは空を見上げていた。祖母との色々なことを思い出しているのかもしれない。庭には、春夏秋冬――全ての顔がある。きっと全ての思い出が詰まっていることだろう。声の出ないシュティ・メイは、十七年もの間ずっと、祖母と庭を通じて会話をしていたに違いない。

トゥトゥに視線を戻したシュティ・メイは、ゆっくりと頷いた。トゥトゥはその様子に心を震わせる。

「きっと、とっても幸せだったでしょうね。おばあちゃん」

シュティ・メイは今度もゆっくりと、首を縦に振る。

トゥトゥはナイフを革でできた鞘に入れ腰にぶら下げると、支柱立てに取り掛かった。シュティ・メイが支えている間に、トゥトゥがしゃがんで茎と支柱を結んでいく。硬い蔓だが、実家の庭でもやっていたことなので手慣れている。

「――そうだ。これが終わったらでいいんですけど、ちょっとお尋ねしたいことがあって」

「……？」

何？　と言葉にして聞かれたかと思った。それほど自然に、トゥトゥは彼と会話を交えていた。

「今まで、おばあちゃんってどうやってハーブを乾燥させてたのかな、と思って」

トゥトゥは直射日光の当たらない風通しのいい場所に、ハーブを吊るしていた。しかし、シュティ・メイの歌で育ったたくましいハーブたちは、その程度ではまったく水分を失わないのだ。

シュティ・メイは支柱を立てる手を止め、風呂場の方を見た。そして、ゆっくりとそちらを指差す。トゥトゥも釣られてそちらを見る。

「もうっ！　ここは遊び場じゃないって、言ってるでしょー！」

トゥトゥとシュティ・メイが見つめれば、コーネリアの甲高い声と共にぴゅーっと水が高く打ち上がる。

「わー……。水の打ち上げ花火やー……」

現実逃避に、前世にテレビで見たどこかのタレントのような口調になってしまうのは許してほしい。

「あーあ、畑が水びたしだよ……」

どうやら、コーネリアが怒りのあまり井戸を噴水に変えてしまったようだ。後輩の面倒を見ようという心意気が空回ってしまっているらしい。

空を見上げると、日は高い。撒いた水がすぐに蒸発しそうだな、と思ったトゥトゥの隣から、スッとシュティ・メイが歩き始めた。

「あっ！　ネリーにも悪気はないと思いますし……！」

慌てて背中に呼びかけるが、シュティ・メイはすたすたと歩いていく。誰よりもこの庭に愛情を持って接してきた彼。コーネリアに畑を水びたしにされ、癪に障ったのだろう。トゥトゥは「あちゃあ」とつぶやく。

シュティ・メイはコーネリアのもとまで行くと、彼女の髪をむんずと掴んだ。

「きゃあ！　何よ!?」

振り返り、眉を吊り上げているコーネリアに、シュティ・メイは空高く噴き上げる噴水を指差した。コーネリアはハッとして、噴水を止める。

バツが悪そうな顔をしているコーネリアに、シュティ・メイは頷いた。そのシュティ・メイの周りを、水に濡れてより一層面白がっている鶏とヨツバがぐるぐると回っている。

「……まるで保育園だわ……」

「ほう。ホイクエン、とな？」

「ひっ」

にゅっと背後から現れたのは、神出鬼没の寝坊助吸血鬼。トゥトゥが悲鳴を上げた瞬間に、手に持っていた蔓がパラパラと落ちる。

「……ユオ！　もう少し手前で声をかけてもらえないかな!?」

「ははは」

わかったわかったと、本当にわかっているか定かではない様子でユオは手首をプラプラと振った。

「何やら賑やかしいな。起きてしまったぞ」

「普通の人はもう起きてる時間なんです」

「ほう、まぁ俺は、キュウケツキだからなあ」

トゥトゥの肩にもたれかかり顎を撫でるユオは、イケメンだというのに、まるで近所のおじいちゃんを相手にしているような気分にしかならない。

「それで、ホイクエンとはなんだ？」

「いやいや、それよりユオさん。おばあちゃんがどうやってハーブを乾燥させていたか知りませんか？」

強引に話題を変えたトゥトゥだったが、ユオは全く気にしない。

「ほう？」

「さっき、シュティ・メイに聞いてたんですけど、ああなっちゃって……」

「なるほどな」

二人は庭の真ん中で騒いでいる住人たちを見る。濡れた体で泥に突っ込んだヨツバが、コーネリアに突撃でもしたのだろう。髪を振り乱しながら追いかけるコーネリアから、涙目でヨツバが逃げ回っていた。

「ふむ。おぬしがしているのとさほど変わらんぞ」

干してあるハーブを見ながら言ったユオに、トゥトゥは思いっきり反応した。

「さほどってことは、どっか違うんですね⁉」

自分の肩に置いてあったユオの手を掴み、トゥトゥは両手で包み込む。

「教えてください！」

瞳を輝かせて尋ねるトウトゥに、ユオはふむと顎を撫でる。

「そうだなあ……時に孫娘よ。先日頼んでおいた、頭皮の薬はどうなった？」

「育毛シャンプーですか？　いくつか試しに作ってみたものはありますけど……まだ試作段階で……」

自分で使った時には、コシや艶が出たのでさほど的外れなものとは思えないが、人様に渡せるレベルに達しているかは自信がなかった。

「よいよい。それを譲ってもらおう」

「なんだ、そんなこと」

元々ユオのために作っていたのだ。トウトゥは頷いた。

「うむ。交渉成立だな」

「え、ちょっと。嫌な言葉聞いちゃったんですけど」

トウトゥは顔を引き攣らせてユオの肩を掴んだ。悪魔との交渉や契約は、破滅への最短ルートだったように記憶している。トウトゥにとっては吸血鬼も悪魔も大差ない。

「ははは」

ははははじゃねえ！　トウトゥはつい汚い言葉を叫びそうになったが、ぐっとこらえた。

「育毛シャンプーは無償でお譲りします！」

「ふむ。今日は槍でも降るのではないか？」

トゥトゥはユオを睨んだ。

「そのかわり、ユオは親切でおばあちゃんのやり方を教えて！」

「なんだ、つまらん」

「つまらなくないっ！」

恐ろしいことを言う悪魔だ。いや、吸血鬼か。

「わかったわかった、教えてやろう。孫娘、その草の束を持ってついてこい」

ひらりと髪をなびかせて歩き始めたユオの後ろをついていく。

辿り着いた先は、風呂場。先ほどシュティ・メイが何かを伝えようとしてくれた場所である。

「ここに一体どんな秘密が――⁉」

「秘密も何も」

ほれ。とユオが指差したのは、風呂場の前の軒。そこには、ハーブが吊るしやすいように輪っかが括りつけられていた。

「……えっ⁉」

「ミンユがいた頃は、この辺りはいつも草がぶら下がっておった」

「……なるほど、お風呂を沸かすときの熱気か……！」

確かに、薪を燃やせば暖かい空気が広がるし、乾燥もする。加えて室外にあるため、風の通りもいいし、この下宿屋でハーブを干すのに一番適した場所だろう。

「ありがとうございます。ようやくどうにかなりそうです」

トゥトゥは手に持っていたハーブを、ユオに頼んで括りつけてもらうと、ほっとして笑った。

その翌朝、枯れない花を見ていいことを思いついたトゥトゥは、シュティ・メイに頼んで分けてもらった花たちと、倉庫にあった蔓を持ってリビングにいた。

いつもは食事をとるダイニングテーブルの上に、色とりどりの花が種類別に広がっている。

「花なんかどうするつもりよー……ふぁあ……」

隣に座るコーネリアは両手をテーブルに投げ出し、眠そうにトゥトゥを見ている。今日も、先ほどまで庭でヨツバや鶏とはしゃいでいたためだろう。最近は、朝に鶏から卵を取ることにもチャレンジを続けているようだ。なかなかうまくはいかないが、コーネリアは負けずに何度もチャレンジしている。

「もうそろそろ見納めだから。枯れないのを活かしてリースでも、と思って」

「リース？」

「花の……輪っか？」

ふーん、とコーネリアはやはりつまらなそうにトゥトゥを見ていた。

トゥトゥはまず蔓を手に取り、くるくるとまとめていく。隙間をとって、ゆるく絡めて円を作ると、先端をしっかりと細い蔓で縛った。

「何それ、子どものおもちゃ？」

「うーん、確かに……」

このまま使おうとすると、輪投げぐらいにしか使えないだろう。

トゥトゥはその輪に、ユーカリの丸い葉が幾重にも連なった蔓を巻き付けていった。先ほどの貧相な蔓を覆い隠すように巻き付けると、立派なユーカリの葉のリースができ上がる。リースの土台の完成だ。

「これだけでも結構かわいいなぁ」

「そうかしら」

辛口コーネリアのチェックに負けず、トゥトゥは次は花を手に取った。

前世で趣味にしていたのは、あくまでも造花やドライフラワーでのリースづくり。生花でなんてやったことがない。特に、この世界では花を活けるなんて富裕層の贅沢だ。育てている花は大抵、特権階級へ売るためのものである。トゥトゥももちろんこんな風に花を扱ったことはない。

「よっし、いきます！」

花をまとめるのに、ワイヤーなんて便利なものはない。一つひとつ、茎を折らないよう細心の注意を払いながら、リースの土台に直に編み込んでいく。

「あぁっ、また花びらが取れた……」

力加減を誤れば、すぐに花弁が取れるし、茎が折れる。それでも、色味やバランスを見ながらなんとか花を巻き付け終える。炊事場で熱していたニカワを裏面に塗り込み、完成だ。

「ふっふっふっ。可愛い……！　上出来だ！」

トゥトゥは自らの手仕事に大層満足していた。

ユーカリの灰がかった緑をベースに、黄色やピンクの花と、黄緑の木の実で飾られたリース。ところどころにアクセントとしてラベンダーの濃い紫などを配したため、甘すぎない色合いとなっている。

「いいんじゃないのーちょっとー！　かわいいんじゃないのー！」

自画自賛しながら、トゥトゥは花に刺激を与えないように、テーブルの上にそっと立て掛ける。

「ねえ、ネリーどう？」

途中から口数が少なくなったコーネリアを振り返ると、彼女は口をポカンと開けてリースを凝視（ぎょうし）していた。おもちのような真っ白い頬を薔薇（ばら）色に染め、その瞳はキラキラと輝いている。

「……何これ、可愛い……」

「そうでしょう、そうでしょう」

外にいるシュティ・メイやヨツバにも自慢したいが、見せたら最後、フリスビーにされて終わりのような気がした。

「おお、女二人が揃って……何やら姦（かしま）しいな」

「ユオ！」

いつも突然現れるユオに驚かされてばかりだが、今日はいつも以上だった。

彼の方を振り返ったトゥトゥはポカンと口を開いて、ユオを指差す。

「……な、何、その格好……」

「俺もそれなりの格好ぐらいするさ」

眉を上げて笑った男は、この世界で高貴とされる階級のもの――貴族にしか見えなかった。

襟が高く、裾の長い臙脂色のコートには、金色の刺繍が施されている。白いスカーフを黒いベルベットのリボンで結び、トゥトゥが見たこともない程大きなブローチで留めていた。

つばの広い帽子もいつものとは随分違う。真っ黒に染められた黒い高貴なそれを、トゥトゥは言葉を無くしてまじまじと見つめた。その隣で、コーネリアはケロッとしたものだ。

「あら、センスいいじゃない」

「ははは、褒められるのも悪くないな」

トゥトゥは何度も、ユオの頭のてっぺんから、磨き上げられた靴の先まで眺め回した。

「……ユオ、かっこいい」

いつものだらだらしているおじいちゃんではないユオを見て、トゥトゥはポカンとつぶやいた。

ユオは気をよくして、トゥトゥの手を取り、口づけた。

「気分をよくしてくれた礼に、今夜は褒美をくれてやろう」

「……ごめんユオ。なんか、あんまりにもかっこよすぎて、詐欺師にしか見えない」

それか本物のドラキュラ伯爵。そう続けて、トゥトゥはこらえきれずに噴き出した。

見目のいい人間と今まで全く縁のなかったトゥトゥ。全員「人ではない」と思っているから平常心でいられるが、今のユオはまるで人にしか見えない。そんな格好でこんな芝居がかったことをされては――トゥトゥは笑いをこらえるのに必死だった。

「ははは、さすがミンユの孫だ。口説き甲斐のないやつめ」

ユオは軽快に笑うと、テーブルの上にあるものに気付いたらしく「おや？」とつぶやいた。

「なんだ？　それは」

「……あ！　そうなの、見てよ！　たった今完成したの！」

あまりにも呆気にとられていたトゥトゥは、敬語も忘れてユオにリースを見せびらかせた。

「シュティ・メイの花で作ったリース。本物の花だから、強く触っちゃ駄目よ」

「小さな手で、器用なものだな。どう作っているのかさっぱりわからん」

「私も横で見てたけど、さっぱりだったわ」

ユオとコーネリアが、リースを見つめて感心している。トゥトゥは「そうであろう、そうであろう」と胸を張った。

「ユーカリの葉がたくさん使えたから、思ったほど花の量を使わずに済んだのよね。それは一個目だし、試作品みたいなもんだけど、何回か練習したら皆の部屋にも飾ってもらえるぐらいのもの作れるようになるかなぁって」

「ほう、おぬしが？　無償で？」

「無償で！」

ユオに対してはつい子供のようにむきになるトゥトゥに、彼は鷹揚に笑う。

「ははは、これは部屋に飾るものなのか」

「そうよ。一番上にリボンを付けたりして壁にぶら下げるの」

こういう風に。とトゥトゥが壁にリースを掲げて説明すると、ユオは感心して何度も頷いた。

「孫娘、それを俺に譲ってくれんか？」

「ちょっと！　図々しいわよ！」

私だってほしいのに！　と口を滑らせたコーネリアは慌てて口を閉ざした。珊瑚色にほっぺを染める彼女のため、それはそれは綺麗なリースを作ろうとトゥトゥは決意する。

「交渉しよう。お前の望むものは何だ？」

「ええっ。またそれ!?」

望むものは何だ――ってそれ何のフラグですか。勇者と対峙した魔王のような台詞にトゥトゥは呆れた。

一番欲しいものは「家賃」だが、金を持たないユオに頼めばどうなるか、トゥトゥはすでに知っている。

「いいよ。別にこれで商売しようと思ってたわけじゃないし。これくらいならあげ――」

「名前にしておきなさいよ」

トゥトゥの言葉をコーネリアが遮った。

「名前？」

「そうよ。『ユオ』なんて、どうせ本名じゃないんでしょ？」

「え？」

トゥトゥは驚いてユオを見上げた。ユオは三日月のように目を細めて、コーネリアを見下ろしている。

「ほう、また高くつくなぁ」

「やっぱり本名じゃないのね。トゥトゥ、こいつから絞り出せるもので、今のところ名前が一番価値のあるものに違いないわよ」

コーネリアはそう言うと、二人きりにするからとリビングを出ていってしまった。トゥトゥは驚いたままどうしていいのかわからない。

「か、価値があるって本当?」

「そうだなあ。対等とまではいかずとも、俺にものを言う権利くらいは持てるだろう」

「何それ。すっごい偉そう」

笑うトゥトゥに、ユオも同じく笑った。

「俺の名を望むか?」

「うん、望むけど……いちいちその魔王様みたいな言い回し止めてってばっ!」

「ははは! 鈍感なくせに、本質を突くところが本当にミンユによく似ている!」

ん。どういう意味だ? とトゥトゥが問い返す前に、ずいっとユオが顔を近づけてきた。帽子のつばが、トゥトゥの額に当たるほど近い。

「まさか名を持ち出すとは、腐っても海の王の娘だなあ。今回は俺が見くびりすぎた。勉強料として支払おう」

ユオの目は、まるでキャッツアイのようだった。瞳孔(どうこう)が縦に長く、これほど人間のような姿をしているのに、彼が確かに人間ではないことをうかがわせた。

「エンセンユオタハティ」

その声は、まるでピアノの鍵盤を叩いた音のようにも、滝が流れる音のようにも、そして鳥がさえずっているようにも聞こえる。再現できないような不思議な声色だった。

「エンセン……」

「ユオタハティ」

「まるっきり、偽名ってわけでもないんだ」

「長いだろう？　呼びにくいだろうと、縮めていただけだ」

きっとそれだけではないのだろう。トゥトゥはリースの代金として受け取った名前を、そっと心の中に仕舞った。

「じゃあ、呼び方はユオのままでいいわ。名前には変わりないんだし」

「ははは」

そんなところまで、似なくていいんだがなぁ。そう言ってユオは帽子をかぶり直した。


リースは無事ユオの手に渡り、トゥトゥはまぁなんの得があったかわからないユオの本名を知った。元々無償で渡そうとしていたものなのでかまわない、が。

「ユオがああいうの好きだったなんてねえ」

料理用のエプロンをつけ、杓子で鍋の中をかき混ぜながら、トゥトゥはつぶやいた。

どさくさに紛れて抜けた敬語を、トゥトゥは元に戻しはしなかった。

元々荒くれものたちの中で育ってきたトゥトゥ。敬語なんてまどろっこしいものには、舌が慣れていない。

今日はウスターソースもどきを作っている。少しだけ作ってもコストが高いので、大量に作って日頃の騒音のお詫びにと近所に配るつもりだ。

元料理屋の娘の腕の見せ所、とばかりに張り切っていた。今は、タマネギやトマト、ニンニクを始めとした野菜を、乾燥させたローリエと共にコトコトと煮ているところだ。

「もしくは、おしゃれしてたし……いい人にでもあげたかな？　いや、どっかの貴族の奥様のヒモっていうのも捨てがたいなぁ」

奥様はさておき、どこかの娘を口説いているユオを想像して、トゥトゥはむふふと笑った。絵になるが、絵になりすぎてやはり詐欺師（さぎし）にしか見えない。純情な乙女をたぶらかす、いけない――そこまで考えて、トゥトゥは思考を止めた。ユオは――吸血鬼なのだ。

吸血鬼は、乙女の生き血を啜（すす）ることで永遠の命と美貌を保つという。

あの見た目と可愛らしいリースで油断させ、路地裏に連れ込んで……首筋に、カプリ――なんて。

トゥトゥはサーッと血の気が引いた。

「……え、まさか、私……犯罪の片棒担（かつ）いじゃったんじゃ……」

灰汁（あく）を取る手が滑る。

「おお、ここにおったか」

「きゃあああああああああああああああ」

トゥトゥは今まで上げたことがない程大きな声を上げてしまった。杓子(しゃくし)がぴょんと飛び跳ねる。

大声に驚いたコーネリアが一目散に駆け込んできた。

トゥトゥの背後で耳に指を突っ込んでいるユオを見ると、トゥトゥを抱きしめユオから隠す。

「何したのよ、このスケベジジイ！」

「おお……俺の方が何かされた気分だぞ……」

目をぱちぱちとするユオは、昨日と同じ貴族衣装のままだった。どこかへ泊まってきたようだ。

惨劇の炊事場に、遅れてシュティ・メイとヨツバも駆けつけた。

ヨツバはユオが大の苦手だ。ユオの前に来ると、まるで張り子のようにピシリと固まってしまう。

カチンコチンになったヨツバを抱きかかえたシュティ・メイが、トゥトゥたちをゆっくりと見渡した。

「全く、なんだというんだ」

「ごごごごめん……だって……」

だって、だって。トゥトゥは言葉にならずにそればかりを繰り返した。

背後にユオに立たれた瞬間、首を噛まれるかと思ったなんて、さすがにそんなこと言えるはずがない。

「まぁよい。手を出せ孫娘」

「だめよトゥトゥ！　何されるかわかったもんじゃないわ！」

素直に両手を差し出そうとしたトゥトゥをコーネリアが叱りつける。

「ナニをするなら、もうすでにしておる」

　ははと笑うユオに、コーネリアは顔を真っ赤に染めて言葉を無くしている。思春期の箱入り人魚姫には刺激が強い。

「ユオ、手が何？」

　少し冷静になったトゥトゥが、コーネリアの背後からひょこりと顔を出す。場を見守っていたシュティ・メイに、コーネリアをソファに座らせておいてと頼んだ。先ほどのショックを引きずっているコーネリアは呆然としたまま、シュティ・メイに連れられて炊事場を出ていく。

　ユオは立派なコートの懐から、これまた立派な布の袋を取り出した。

「ほれ、家賃だ」

　トゥトゥはびっくりしてその袋を受け取った。

　つばを呑み込んだトゥトゥが、紐を緩めて中を覗く。そこには、想像したものと同じ、光り輝かんばかりの硬貨。

「お金だ！　お金、お金！」

　トゥトゥは手の中にあるものを一瞬で認識すると、両手を空高く突き上げた。お金である。お金である！　それもこんなにたくさん。これだけあれば、ため込んでいたツケの支払いも、両親への返済も、雨漏りし始めていた二階の廊下も修繕できるだろう。ビバ・NO借金生活だ。

　しかし、そんな金額を一夜で稼いでくるなんて、何があったのだろう。

　トゥトゥは冷静になり、手の中の硬貨とユオを見比べた。

「――……ヒモのほうだったか……」

にしても、はぶりのいい飼い主である。袋の中の金額を数えたトゥトゥはドン引いたが、吸血鬼に騙された純情な乙女はいなかったことになる。トゥトゥは安堵する。

「ヒモとはなんだ？」

「……女性に夢を与える代わりに、たくさん甘やかしてもらう男の人のこと」

随分婉曲に伝えたが、ユオには通じたようだった。いつものように笑うと「違いない」と言い放った。

「ミンユとおぬしには夢こそ与えていないが、随分と甘やかしてもらっておるからなぁ」

「……もう、そういうところで得してるんだから」

口の上手いユオにため息をつくと、トゥトゥは硬貨をそっと袋の中に戻した。

「それで、これは？　ありがたく頂戴したいところだけど――まさか、人様に顔向けできないようなことしてきたんじゃ……!?」

安堵から一転、不安になったトゥトゥに、ユオはまた笑う。

「昔のツテを辿って毛生え薬を売ってきたのよ。顔を出したら、幽霊だと腰を抜かされたがな」

昔のツテ、そんなものがあったことにトゥトゥは驚く。

「そうなんだ……へえ、ユオのお知り合いにねえ――って、え？　じゃあ、ユオの分はどうするの!?　薄毛、悩んでるんでしょう!?」

トゥトゥは詰め寄った。見極めるように眼力を強めて生え際を見つめると、ユオが笑う。

「ははは、俺がか？　——そのように見えるか？」

いつもの笑い声のはずなのに、その声は低く、深く響く。まるで強大な魔王と対峙しているかのようだった。

「……滅相もないです。ごめんなさい」

はじめて感じた身の危険に、トゥトゥは深々と頭を下げる。

「……俺には一生縁の無いものだが——」

一部分を随分と強調しながらユオが言う。

「欲するものは、喉から手が出るほどに欲しがるというわけだ」

「なるほど」

トゥトゥはずっしりとした硬貨の重みに、その古い知人の髪に対する執念を感じた。

「花の環は娘たちに好評だった。どちらも継続的に依頼をしたいと」

「あれまー……」

トゥトゥはまともな言葉が出なかった。

売れるなんて思ってもいなかったが、売るつもりも毛頭なかった。トゥトゥにしてみれば、趣味の延長で作っていたものだ。

「うーーん……うーん……」

「何を悩んでおる」

ユオの問いに、トゥトゥは喜びと悲しみがごちゃ混ぜになったような、気味の悪い表情を浮かべた。

「こんな沢山の素敵なお金ちゃんたちが手に入るのは、本当に助かるけど……」

トゥトゥには、庭の作物でお金を稼ぐことについて、懸念していることがあった。

「……シュティ・メイに〝自分の世界へ帰れない理由〟を作りたくない」

定期的な購買の依頼を受ければ、必然的にシュティ・メイの歌が今後も必要不可欠となる。

今は何らかの事情があって、この世界にとどまっているだろうシュティ・メイが、もし帰りたくなった時――彼の育てたハーブが唯一の収入源になってしまっていたら。彼は何の気兼ねもなく、自由に羽ばたくことができるだろうか？

「今回は、ありがとう。ユオの厚意と一緒に、ありがたくもらっておくね。これできっと建物も修繕できるし、シュティ・メイにもお礼言わなきゃ……」

「言ってる場合か。両親に無心までしておいて、どの口が抜かす」

見栄を張ったトゥトゥは痛いところを突かれてしまう。

「知ってたの……」

「俺は知らんことの方が少ないからなあ」

トゥトゥははぁとため息をついた。

「誰も家賃収めてくれないんだから、しょうがないじゃん」

「二言目には金、金、とがめついくせに、無理やりせしめようとはせなんだなあ」

そんなこと言われたって。無い袖をどうやって振らせろと言うのだ。

「この顔を使って、女をたぶらかして来いとも言わん」

「いや、それは単純に相手の女性を心配してるだけです」

そんな金の稼ぎ方、思いつきもしなかったが、なるほど。そういう手もあるな――なんて笑えないのが、ユオだ。なんてったって、吸血鬼――女の敵なんだから。

「この依頼を受けぬのなら、どうやって、こんな大荷物四人も面倒みると？」

うっと言葉に詰まったトゥトゥを、ユオが呆れ顔で見る。するとその時、炊事場の扉が開いた。

「あ、ネリー。もう落ちつい……」

トゥトゥが全て言い終える前に、コーネリアは彼女の腕をむんずと掴むと庭に向かって歩き出した。コーネリアの後ろからは、シュティ・メイやヨツバも続いている。

「どうしたの⁉」

「なんかよくわかんないけど、トゥトゥは人間だから、お金が必要なのね？」

リビングにいるとばかり思っていたコーネリアだったが、いつの間にか会話を聞いていたらしい。

コーネリアに手を引かれながら、トゥトゥは慌てる。

「えっとーいるっていうかなんていうかその……」

「なによ⁉　いるの⁉　いらないの⁉」

「い、いるます！」

つい変な回答になってしまったトゥトゥを振り返り、コーネリアは怒号をとどろかせた。

「これがお金になるなら、使えばいいじゃん！　花も草もいっぱいあるんだし！」

コーネリアはビシッと庭いっぱいの緑を指差す。

「いいんでしょ⁉　シュティ・メイ！」

シュティ・メイは大きく頷いた。彼にしては、本当に珍しく、しっかりと肯定するものだからトゥトゥは驚いて呆気にとられてしまった。

「……いいの？」

トゥトゥが尋ねると、シュティ・メイは再び大きく頷く。

一番近くに咲いていた花に近寄り、プチンと手折（たお）ると、トゥトゥに差し出す。その表情はいつも通り無表情だったが、トゥトゥは彼の伝えたいことが伝わってきたような気がして、ぐっと涙をこらえた。

この花たちはきっと、シュティ・メイと祖母の大事な思い出に違いないのに。

「……ありがとう、本当は、すごく助かる」

お金は元から好きだったが、それは自分の趣味に費（つい）やすためだった。自（みずか）らが任された家計で、お金が足りない恐怖というものを知らずに育ってきたのだ。

収入がほとんどない中で、日に日に減っていく硬貨。本当は……とても心細かった。

しかし、トゥトゥは一人で何とかしなければと思っていた。だって彼らは——助けを求めてここにいるんだから。

そんな風に、トゥトゥは一人で背負おうとしていた。小さな頃、泣いてばかりいたトゥトゥを救ってくれた祖母のように、今度は彼らを自分が——と。

だけどトゥトゥはまだ王都に不慣れで、大家業もまだまだ新米で、大の大人だって難しいことを一人でこなすなんて――到底無理だった。でもそれを認めてしまえば、自分を頼ってきてくれた祖母に恩返しができないと、トゥトゥは必死にひとりで踏ん張り続けていた。

だけど、いいのだ。下宿人たちとも、支え合っていいのだ。

「……っぐす」

もらった花を握りつぶさないように、注意しながら涙を拭った。トゥトゥの足元に来たヨツバが、珍しくパンチもせずにトゥトゥのそばに座っている。

トゥトゥはヨツバに勇気をもらうと、ユオを振り返った。少し離れたところでことの成り行きを見守っていたユオが眉を上げる。

「……ユオ！」

「どうした？」

「シャンプーのことだけど、品質を守るため、定期的な販売は難しいって先方にお伝えして」

「ほう、売ってよいんだな。しかしまあ、作るとなると頑固な職人のようなことを言う。ならばいらんと言われたら？」

トゥトゥはにこりと笑う。

「あら、あんな大金出す人が、いらないなんてきっと言わないから大丈夫よ。それに条件はこれで終わりじゃない」

「ふむ、それから？」

と言って、ユオは続きを待ってくれる。

「売るのは、ユオの古いお友達、その人にだけ。他の人に譲るのも駄目――他の誰にも内緒で使ってほしいって言って。それができる相手？」

「問題なかろう」

商売となると、虫がついたから、枯れてしまったから、体調を崩していたから――なんて言い訳はできなくなる。特にハーブは生ものだ。天候にももちろん左右されるだろう。

半端なもので、お金は取れない。

料理屋の娘として、鉱山の村の住人として、常にプロの中で育ってきたトゥトゥは商売人としての意識を強く持っていた。

「それと――突然作れなくなる日がくるかもしれない。これは絶対に、了承してもらって。この三つを全部受け入れられる人なら、私は、その人の望むシャンプーを作る」

トゥトゥがやはり一番心配だったのは、シュティ・メイがもし故郷へ帰りたくなった時に足枷（あしかせ）になることだった。商売としては身勝手だが、トゥトゥは大家として下宿人を守る役割もある。

「強気なところは誰譲りだ？」

「もちろん、おばあちゃんよ」

トゥトゥの返答に満足いったのか、ユオは大きく笑った。

「あいわかった。呑ませよう」

頼もしいユオの言葉に、トゥトゥは少しだけ眉毛を下げた。

「トゥトゥもお金が必要なら、どうして早く言わないの？」

「ごめんね、ネリー」

異世界人の常識は知らないが、今までの言動から察するに、彼らには金銭という概念(がいねん)がなく、基本的に自給自足——もしくは物々交換で生活してきたのかもしれない。コーネリアの心配が心に染みる。

「何もしないものに限って大きな顔をする」

「何よ、あんただって売ってくるだけじゃない」

「先ほどの条件を呑む、金回りのいい人間を用意できるなら代わってやるが？」

いつものように笑うユオに、コーネリアは鼻息荒く答えた。

「いいのよ、私は体で稼ぐから」

トゥトゥは目玉が落ちそうなほど、目を見開いた。

「——え、なっ、ええっ⁉　ネリー、急に何を⁉」

駄目、駄目、駄目に決まっている！

最近こんな庭に閉じ込めておくのがもったいないほど美しくなってきたコーネリア。確かに、彼女が流し目一つ送るだけで男たちはジャンジャン彼女の貝殻ビキニに札束を突っ込んでいくことだろう。

猛反対しそうになったトゥトゥに、コーネリアが珊瑚(さんご)色に頬を染めてぽつりと言う。

「もちろん、トゥトゥが教えてくれれば……だけど」

「……え？」

と聞き返したトゥトゥに、コーネリアは気恥ずかしそうに続けた。

「目が痛い……」

「待って、ネリー！　包丁を持ったまま目を擦(こす)っちゃダメ！」

トゥトゥの悲鳴が炊事場に響いた。

トゥトゥから包丁を取り上げられたコーネリアは、手桶で手をすすいで、タマネギの汁が染みる目を何度もパシパシと瞬(まばた)きする。

「目が開かないわ……」

「あっ！　止まってネリー！　そっちには――」

「めうー!?」

目を瞑(つむ)ったまま歩き始めたコーネリアが、味見係りをしていたヨツバの尻尾を踏みつける。

「ああっ、ヨツバ。ごめんなさいね」

「そっちもダ――」

「きゃああ」

――ドンガラガッシャーン……コロン、コロン。

ヨツバを避けたコーネリアが体を向けた方向には、鍋やザルを並べている棚があったのだ。炊事場に散らばって行く金物たちに、トゥトゥは頭を抱える。

体で稼ぐ――とトゥトゥたちに宣言したコーネリアは、次の日からトゥトゥの手伝いを申し出た。

どうやらあの台詞は、金銭の代わりに労働力として下宿屋に貢献するという意味だったようだ。

しかし、家事など全くやったことがないコーネリアは、一事が万事この調子。唯一力を発揮できると思ったらしい洗濯では、張り切りすぎてしまい、水の魔法で汚れもろとも洗濯物を流してしまった。

派手な音を立てて半壊した炊事場の惨状に、トゥトゥは辛抱堪らずコーネリアに頭を下げた。

「コーネリアさん。お気持ちは本当に嬉しいんですが、庭でヨツバと鶏と遊んでて……」

「うっ……」

涙目になって項垂れるコーネリアと、つまみ食いばかりしていた小さな獣を、トゥトゥは庭に見送った。

＊　＊　＊

「夏は夜。月の頃は更なり」

そう詠んだのは誰だったか。濡れた髪を乾かしながら、風呂から出てすぐの軒下で、トゥトゥは庭の上に広がる夏の夜空を見上げる。

残念ながら、歌のように月は見えない。今夜は雨だからだ。黒い雲に隠れた月の代わりに、むせ返るような強い夏の匂いがする。

土や草木が混ざり合った濃厚な気配。雨のリズムの隙間から、虫の音が聞こえる。負けじと参加するカエルの鳴き声に、トゥトゥは埋もれそうだった。

「風邪引かないうちに乾かさなくっちゃね」

湯を沸かす贅沢(ぜいたく)に自分が慣れるとは思っていなかった。

前世では毎日入るのが当然だった風呂も、今のトゥトゥにとっては贅沢品(ぜいたくひん)。水はコーネリアによって自由に使えるようになったとはいえ、沸かすには大量の薪(たきぎ)が必要だ。

「めう、めうう」

「ヨツバも気持ちよかった？」

「めうっ」

トゥトゥの足元で、珍しく機嫌よくヨツバが吠えている。水で体を洗うことを嫌うヨツバは、トゥトゥと共に風呂に入って身を清める。風呂をよく沸かすため、ハーブも順調に乾燥していった。

「ユオも呼びに行かなくっちゃね」

「めうめう」

おいで、と手を出せばヨツバはすぐに手のひらに乗ってきた。本当に機嫌がいいらしい。トゥトゥはそっと肩にヨツバを乗せた。

コーネリアとシュティ・メイはすでに風呂を終えている。「湯を沸かした時は全員入ること」というルールを定めているトゥトゥは、自室に閉じこもってコレクションを眺めているであろうユオのもとに向かおうと足を進めた。

「めう！」

突然、肩に乗っているヨツバが鳴いた。それも、鋭い声で。

驚いたトゥトゥは立ち止まった。ヨツバは、どこかを見つめながら「ぐるるるる」と威嚇(いかく)している。

「……どうしたの？」

不安になって、トゥトゥはヨツバを胸に抱いた。幾分(いくぶん)落ち着いたらしいヨツバは、それでも鋭い目で一点を見つめていた。

「……そこに何かいるの？　誰？　誰かいるの？」

トゥトゥの声に反応するように、ガサリと茂みが揺れた。息を呑むトゥトゥの前に現れたのは――ずぶ濡(ぬ)れの女の子。

「――すみません。この雨を凌(しの)ぐ間だけでいいのです……」

左右のマントを開き、敵意がないことを表しながら、少女はか細い声でそう言った。頭から被ったフードで顔はよく見えないが、背丈からしても、どうやら十五、六歳くらいのようだ。

草木に隠れて、雨から逃れようとしていたのだろう。庭にある草木は背が高い。人が隠れていたら容易にその姿を呑み込んでしまう。

しかし、外の道からこの敷地内に入り、わざわざ庭で雨宿りしているのは不自然だ。それに、庭の奥は森で、獣が入らないように柵を立てている。そちらから人が訪れることはまずない。

とすれば、少女はどこからやってきたのか？　思い当たったトゥトゥははっとした。

異世界からやってきたばかりのヨツバも庭に隠れていたことを、思い出したからだ。

「あなた……もしかして気づいたらここにいたんじゃない？　突然で驚いたでしょう？」

月の灯りもない真っ暗な夜。ヨツバが鳴かなければ気付くこともなかったかもしれない。

雨が降っていてよかった。ここで足止めできたのだから。知らないうちに宿から森や街に出てしまえば、大変なことになっていただろう。

「うちには他にも同じようなお客さんがいるのよ。安心してね」

異世界から突然やってきたと思われる少女は、見知らぬ場所に驚いて庭に出たに違いない。心細さと雨に耐えていた彼女を思うと、トウトゥは気が急いた。

――この宿にやってくる条件、それは。

〝ここではないどこかに行きたい〟と願うことだから。

「とにかく、温かいお風呂に入りましょ。お湯に浸かったことはある？」

少女はパチパチと瞬きをすると、小刻みに頷いた。

「そう、よかった。いらっしゃい、こっちよ」

トウトゥは薪置き場から薪を数本抱えると、少女を手招いた。ヨツバはトウトゥの足元で、少女を警戒するように見上げている。

雨に濡れた少女は幾分戸惑いを見せたが、きゅっとマントの前身頃を掴むと、トウトゥに従った。

先ほどまでトウトゥとヨツバが入っていたので、湯はまだ温かい。薪を入れ、消したばかりの風呂場用の松明に火を灯すと、体を洗える程度に浴室が照らされた。トウトゥは薄暗い中、シャンプーなどの説明を簡単にした。

「とまぁ、こんなところだけど……疲れてるならお湯に浸かって体を温めるだけでもいいからね」

「はい」

とても緊張をしているのか、少女の声も体もまだ強張っている。余程怖い思いをしたのかもしれない。トゥトゥは体を拭くための布を渡す。

「あなたが入ってる間に、一度私がここに着替えを持ってくるからね。それ以外は誰も入ってこないようにしておくから、ゆっくり浸かって」

「……はい」

少女の中でまだ、トゥトゥが仲間かどうか決めあぐねているのかもしれない。何度もトゥトゥと浴室を見比べると、それだけ口にした。

トゥトゥは自分の一番上等な服を選んで、風呂場へと持っていった。浴室の前ではヨツバが見張り番をしてくれている。

「変な人来なかった？」

「めうっ！」

ぷすんと鼻を鳴らしてヨツバはトゥトゥに答えた。たぶん大丈夫だったのだろうと、トゥトゥは扉を開けた。

「入りますよー」

声をかけながら脱衣所に入るが、少女の姿はない。部屋の隅にくしゃくしゃに丸められた衣類があるので、浴室にいるのだろう。だが、扉の向こうからは物音一つしない。

「――あの……お嬢さん。大丈夫？」

突然の声に驚いたのか、パシャリと水音がした。よかった、意識はあるようだと安堵したトゥトゥに「んっ」と、咳払いするような声が聞こえた。

「す、すみません。すぐに出ますね」

「……急かしたようでごめんね。ゆっくりしてて。倒れてないか心配になっちゃっただけなの」

トゥトゥは口早に言った。

「着替えはここに置いておくからね。――着ていた服は、だいぶ濡れてるようだけど、こっちで預かってもいい？」

「……できれば、手元に置いておきたくて……」

「そうよね、もちろんよ。湯がぬるくなったら教えて。私は出ておくから」

はい、という小さな返事を聞くと、トゥトゥは急いで脱衣所を出た。

ふぅ。一つ息をこぼすトゥトゥを、ヨツバがじっと見上げている。トゥトゥは少しだけ眉毛を下げて笑った。

「失敗しちゃった」

ヨツバと目線を近くするためにトゥトゥはしゃがむ。ヨツバが澄ました顔でいるので、尻尾を少しだけ撫でさせてもらう。撫でていいよ、とも、撫でるな、とも取れるようにヨツバの尻尾が揺れる。

「……私が声かけちゃったから、必死に取り繕った声してた。そっとしておけばよかったなあ」

声も出さず、身じろぎもせず泣いていたのかもしれない。トゥトゥの胸はぐっと切なくなった。

膝に顎をのせ、ため息をこぼすトゥトゥに、ヨツバは尻尾をバンバンとぶつけた。

「なによ〜いけず。はいはいっ、変な人が追ってきてないか、部屋の確認に行かなくちゃね。ここはお任せしますよ、番人さん！」

「めうっ！」

どこか誇らしげな顔をしているヨツバに後を託して二階へ駆け上がった。

階段を上ると、二階の突き当たりの部屋へと進む。そして、ユオの部屋をノックした。

「ユオ、ユオ」

しばらくして、丸い瓶の底のようなモノクルをかけたユオが扉を開いた。

「何用だ。近頃の娘はけしからん。こんな真夜中に男の部屋を訪ねるなど――」

「それ老眼鏡？」

「話を聞かんか、話を」

トゥトゥの頭にポスンとチョップを入れると、ユオはモノクルを外して向き直る。

「全く。孫娘がこんなようでは、ミンユも心配で冥界の門を潜れぬではないか」

「ユオ、ちょっと今そういうのはいいから、こっち来て。こっち！」

「幼い頃は、俺が話しかけると恥ずかしそうにミンユの尻に隠れていたのになあ。あの可愛らしさと慎(つつし)みを、どこに置いてきたのやら」

久しぶりに会った親戚のおじさんか。珍しくブツブツとやかましいユオの腕を引き、トゥトゥは空室の前に連れていった。

「異世界から女の子が来たみたいなの！　どこの部屋か確認するの手伝って！」

「ほう、左様か。ほれ、貸してみよ」

ユオがひらりと手のひらを差し出したので、トゥトゥは「ははーっ」と鍵の束を渡した。さながらお殿様に草履(ぞうり)を差し出す足軽のようだ。

「おぬしも来るか？」

見てみたい気もするが、怖い気もする。それにトゥトゥには今時間がなかった。

「うーん……お願いしちゃってもいい？　女の子の様子も気になるし……」

「全く、人使いが荒いのう」

「吸血鬼使いでしょ――おばあちゃんの時と違い過ぎて、呆れてる……？」

ついユオばかり頼ってしまう後ろめたさから、トゥトゥは少し不安になる。ユオはゆっくりと振り返り、トゥトゥの不安げな顔を見ると「ははは」と笑って、彼女の頭をぐしゃりと撫(な)でつけた。

「いいや、そっくりだ」

「めう！　めう！」

ヨツバの鳴き声が聞こえ、トゥトゥは急いで風呂場へ引き返した。

庭に着くと、少女はすでに浴室から出ていた。風呂場から出てすぐの軒下で、髪に布を被せまごついている。足元で吠えるヨツバに困っているようだ。

「待たせちゃってごめんね！」

近づいたトゥトゥが声をかけると、少女は明らかにほっとしたようだった。

「その子、見た目はちょっと不思議だけど——噛みついたりしないから」

少女は素直に頷く。今までヨツバが番をしていたことは、知っていたのであろう。

「リビングに移動するからね。ご飯は食べた？」

「いえ、ですが——」

遠慮しようとする少女にトゥトゥは笑いかけ、籠に衣類を入れて歩き出した。

「ヨツバ、ずっとついててくれてありがとう。一緒においで」

「めうっ！」

ヨツバは足を高く上げて気取ったように歩いた。その様子がおかしかったのか、少女はようやく小さく微笑む。トゥトゥは安心して、少女をリビングへ案内した。

先ほどまで騒ぎを聞きつけたコーネリアも二階から下りてきていたが、今日のところはあまり大人数で囲まないほうがいいと思い、自室に帰ってもらった。ユオはすぐに少女が来た部屋を見つけたらしく、トゥトゥのもとへ教えにきてくれた。彼は来客には興味がないらしく、すぐに自室に戻った。

「わぁ……例に漏れず、ど美人……ビスクドールみたい。あの扉、さては美形限定だな……？」

明るい灯りの下で見ると、身なりを整えた少女は紛うことなき美少女だった。秋に実る金の稲穂のような長い髪。風呂上がりで上気した頬は、少しこけているとはいえ、優美な輪郭を描いている。大きな丸い瞳は濡れたみたいに輝いている。

背丈はトゥトゥとそれほど変わらないようで、貸した服はぴったりのようだ。トゥトゥの服を、まるでオートクチュールのごとく着こなしてみせるほど、少女は品格があった。見える限りでは、羽も尾も角もない。トゥトゥと同じ人間のようだった。その硬い表情は、不安と緊張を押し隠しているのだろう。

「さっきはバタバタしちゃっててごめんね。私はトゥトゥ。この下宿屋の大家をやってます。……この子はヨツバ。ここの下宿人だよ」

トゥトゥはできる限り柔らかい声で話しかける。

「ご飯は、肉まんしかないんだけど……食べられるなら食べて」

ダイニングテーブルの上には肉まんが盛り付けられている。トゥトゥが夜食にしようと、夕食を少し残しておいたのだ。肉まんは小麦を練った皮で、野菜の炒め物を包んで蒸したものだ。トゥトゥの実家の〝石のかまど〟に初めて出した時はその形状にドン引かれたが、今では定番となっている大好評メニューだった。

もちろん、下宿屋でも同じ経緯を辿っている。

大好物の肉まんを見て尻尾を振るヨツバを、トゥトゥはそっと手で押さえた。ヨツバはぷすんと鼻を鳴らすと、ソファのいつもの自分の席に飛び乗り、丸まった。

「私はっ――！」

眉を下げ、切羽詰まった声を出す少女を、トゥトゥはダイニングの椅子に座らせる。金髪が儚く揺れ、彼女はその見た目から不釣り合いなほど強く拳を握った。

「……追われている身なのです」

絞り出すような声は、厚意に甘えてしまった自分を律しているかのようだ。

「大丈夫、本当よ。もし何かあっても、ぜーんぜん平気」

トゥトゥは彼女の手にそっと触れる。見た目よりもずっとしっかりした手で驚いた。

トゥトゥの手が触れると、少女は弾かれたように顔を上げた。

「ここの人たち、みんなすごいのよ。吸血鬼に、人魚に、有翼人なんだから！　それに、私もフライパン捌きなら任せて！　トウガラシエキスもこないだ作ったばかりだし……誰が来ても絶対叩き返してあげる！」

トゥトゥは少女の手を持ち上げ、ぎゅっと握った。唇を震わせた少女は、きつく目を閉じる。

「ご迷惑を……」

「大丈夫、大丈夫！　きっと、助けてあげるから！」

少女の手を握るトゥトゥは、ほんの少し緊張していた。異世界から、その身一つで逃げてきた少女。彼女を追っているものが人間なのか、獣なのか、はたまた悪魔なのか――それさえもわからない。

だけど、放り出すことなんてできなかった。トゥトゥは勇気を振り絞るために、さらに強く手を握る。

「あぁ……神様……」

感極まった少女の声は震えていた。何度もゆっくりと瞬き(まばた)を繰り返し、涙を抑えようとしているのがトゥトゥにもわかった。

「願わくばこの幸運を、あのものにも……」

その言葉はとても小さかった。きっと意図して出たものではなかったのだろう。トゥトゥは聞かなかったふりをした。

テーブルの肉まんの皿を持ち上げると、トゥトゥは少女にそれを渡した。

「手で持って、がぶって齧り(かぶ)つくのよ。食べられるだけでいいからね」

「……はい」

戸惑いながらも肉まんに触れ、少女は齧り(かぶ)ついた。一瞬息を止め、まじまじと肉まんを見てから、もう一口、二口と夢中で食べている。

トゥトゥが用意していた、リラックス効果の高いハーブティにもゆっくり口を付けた。こちらも口に合ったようで、コクンコクンと飲んでいる。

少女から、嗚咽(おえつ)を我慢する声が漏れ(も)る。トゥトゥは気づかないふりをして、丸まったヨツバの背中を撫で(な)た。

「ユーオー」

コンコン、と二階にあるユオの部屋を再びノックする。もう夜も更けているので、音には随分と配慮した。

寝ているのならば仕方ない——と思いつつ、トゥトゥは待った。

十を数えた頃。キィと軋む音とともに扉が開く。

「……その耳は飾りか？　役に立っておらぬなら、取ってやろうか」

「ごめんなさいっユオ！　ちょっと来て、こっちこっち！」

ユオの腕を引き、トゥトゥは階下へと急いだ。

「夜に男の部屋を訪れるなと——ああ、待て、逸るな。今行く」

寝起きなのか、のろのろと歩くユオの手を引く。まったく、吸血鬼のくせに就寝が早いなんて信じられない、とトゥトゥは呆れる。

「何を急いでおるのだ」

「しーっ、静かにして」

「おぬしは天下一のわがまま娘だな」

階段を下りるとリビングは目の前。そこでユオが聞いたのは、パチパチと薪の燃える音と、二つの寝息。

「……本当に、人使いの荒い娘だ」

ソファの前では、腹を見せて眠っているヨツバ。そしてダイニングテーブルには、突っ伏して寝息を立てている少女がいた。

「この俺に荷台の代わりをせよと申すか」

「お願いっ！　この通り！　明日は具たっぷりの野菜スープ作るからっ！」

「分厚く切ったベーコンを焼いたのもな」

「へいっ承知しやした！」

トゥトゥはびしっと敬礼をする。調子のいい大家にため息をつき、ユオは少女を抱き上げた。

「……うん？」

ユオはまじまじと少女を見た。その瞳は珍しく、驚いているように見える。

「女の子の寝顔を見ない！　さっ！　ちゃっちゃと運んで！」

「おぬしは、本当に……。食ってやろうか」

「吸ってやろうか、の間違いでしょ」

トゥトゥは、口を開けて尖った牙を見せつける吸血鬼のユオが全く怖くなかった。なぜなら彼は一度もトゥトゥに対して、言葉の通り牙を剥いたことがなかったからだ。何しろ、目の前で牙を折り捨てるほどである。今さら怖がれと言う方が無理だった。

「ほう？」

「そういえばユオってば吸血鬼なのに、いつ血を飲んでるの？　もしかして血って吸わなくても大丈夫な感じ？　私は人間だから、本当は人の血なんて飲んでほしくないけどさあ……あ、その子のも吸っちゃ駄目だから」

「……なるほどなあ」

よくわからない返事をしながら笑うユオを、トゥトゥはギンッと睨みつける。

「だ・め・だ・か・ら・！」

「わかったわかった」

「本当にわかってる？」

ユオはトゥトゥを振り返り、顔を寄せる。

「そのうるさい口を塞いでしまうぞ」

噛みつくように言ったユオに、トゥトゥはパチパチと瞬きをする。

「そういう使い古された文句、よく似合いますね」

さすが吸血鬼。と返すトゥトゥに呆れたユオは、再び階段を上り始めた。

「起こさないように、慎重にね」

「呑気なものだ」

ユオに教えてもらった客室の扉を開け、少女をベッドに横たえる。部屋は、いつ誰が来てもいいように、いつも清潔にしてあった。

移動しても少女は目を開けなかった。きっとすごく疲れていたのだろう。横になった少女に、トゥトゥは静かに布をかけた。そして、少女が着ていた服を皺がつかないように丁寧に手で伸ばした後に干す。起きて一番最初に目が入りそうな場所に吊るすと、「おやすみなさい」と声をかけ、トゥトゥはユオの背を押して部屋から出ていった。

昨夜の雨のせいで、今日はジョギングができない。雨こそ上がっているが、ぬかるんだ庭での作業を最小限にし、トゥトゥは朝食の準備に取りかかっていた。

「あ、今日はもう一つ焼かないと」

卵を一つ増やして、フライパンで目玉焼きを作る。朝のメニューは決まっている。パンと目玉焼きと豆のスープとサラダ。トゥトゥは手早く支度を整える。パンは朝一で追加を買いに走っていた。

庭から、泥だらけになっているヨツバを怒鳴りつけるコーネリアの声がする。シュティ・メイはいつものように、朝の涼しいうちに草むしりをしているだろう。

「おはよう――ございます」

昨日干していた服が乾いたのだろう。自分の服に着替え、マントを手に持った少女が階段から下りてきた。

「おはよう！　よく眠れた？」

「はい」

「ちょうど朝ご飯ができたところよ！　リビングの椅子に座って待ってて！」

トゥトゥはことさら元気よく声をかけた。しかし、少女は眉を下げ首を横に振る。

「これほどよくしていただいたのに、勝手を申すのは誠に申し訳ないのですが――もう行かなくては」

トゥトゥは、言葉を切った少女をじっと見つめる。

「――私を待っているものがいるのです」

少女の真摯な声音に、トゥトゥは神妙に頷いた。

「ちょっと待ってて！」

そう告げると、急いでパンを薄切りにして、目玉焼きとサラダを挟む。サンドウィッチだ。この世界では一般的ではないため食べ慣れていないだろうが、それは少しばかり我慢してもらおう。

サンドウィッチを二つ用意すると、大きな葉と、手ごろな布で巻いた。それを少女に押し付けるように手渡す。

「お待ちくださいっ！　今は手持ちがなくてっ――！」

トゥトゥは笑みを浮かべた。

「いいのいいのっ！　この館のオンボロさを見たら気に病んじゃうかもしれないけど――うちは人助けが信条みたいなものだから！」

なにしろ家賃も取らずに、ずっと異世界人の世話をしていたのだ。

「食べられるときに食べて。仲間も、無事だといいね」

少女はくしゃりと顔を歪める。笑おうとして、上手くいかなかったかのように。

次の瞬間、少女は深く腰を折った。その洗練された動作から、彼女が身分の高い人だとわかる。

「このご恩は、決して、決して――！」

必死な声で言う少女の体を一度強く抱きしめると、トゥトゥは腰につけた鍵の束から、一つ外した。

「これも持っていって」

「……これは、鍵？」

「あなたが来た部屋の鍵よ――何かあったらどこの扉でもいいからそれを差して、逃げておいで。あの部屋に繋がるから」

少女は目を見開き、トゥトゥを見上げる。戸惑いが顔いっぱいに広がっていた少女は、トゥトゥの眼差しを受け、ぎゅっと鍵を握りしめた。

「必ずや、お返しにうかがいます」

「うん。次はぜひうちに長期的な滞在を。その時はきっちり、今回の分も合わせてお代をいただくから!!」

トゥトゥの笑顔に小さく噴き出すと、少女は「はい」と涙声で頷いた。


「全くおぬしは、ホイホイと貴重な鍵を渡して……」

ふあぁ、と欠伸をしながらユオが自室から出てきた。

トゥトゥが少女に鍵の使い方を説明して、お別れしたところだった。

別れは一瞬。少女が一人で客室に入った後、トゥトゥは廊下で瞬きもせず扉を見つめていた。全く動いていない扉が、パタンと音を立てたような気がしてそっと客室を覗くと、そこにはもう、誰もいなかった。

本当に消えたのを目の当たりにして驚いていたところで、ユオに声をかけられたのだ。

「ユオ！　今日は早いのね」

「やかましくて、寝ておれん。鍵を回収できなかったらどうするつもりだ」

ユオは緩慢な仕草で角や牙をパキポキ折っている。トゥトゥは指摘されたことについてしばし考えた。

「うーん、どうしよ。でもまぁ、また来るって言ってたし……大丈夫、大丈夫」

「全くおぬしは……。それに、気付いておるのか？　あやつは──」

「うん？」

トゥトゥは小首を傾げた。そのあまりにも間抜けな顔を見て、ユオは「なんでもない」と手首をひらひらと振る。

「面倒ごとに巻き込まれても、俺は助けんからな」

「またまたぁ」

トゥトゥは欠伸をするユオの背をトントンと叩いて笑った。頼りにしてますよ、お兄さん──そんな気持ちを込めて。

しかしユオは、意地の悪い顔で笑って見下ろすばかり。

「……またまたぁ？」

「さてなあ」

「またまたぁ!?　冗談でしょ、ユオ、ユオー！」

今日も朝から、情けない新米大家の悲鳴が下宿屋に響いた。

第六章

夏の盛りであっても、日本のじめじめとした夏を知っているトゥトゥはそれほど応えない。玄関を開けても、むわんとした熱気がほぼないのがこの世界の夏だ。おかげで、万年日陰になっている地下納戸は涼しく快適だ。

逆に、二階にある納戸はむっとするほど暑い。この間大掃除をしたのだが、トゥトゥは汗だくになってしまった。

「じゃあ、ちょっとっ、ご近所回り、してきます、ね！」

地下納戸で少しの間熟成させていた大きな壺を持つと、トゥトゥは下宿人たちに笑顔を向けて言った。

壺の中にはトゥトゥ特製ウスターソースが入っている。重さはかなりのものだが、括りつけた紐を肩に担げば歩けないこともない。

「お夕飯、までにはっ、戻って、きますんで！」

「ちょっと、大丈夫なの!?」

「めうっ！」

プルプルとした足取りでトゥトゥが玄関から出ていこうとするのを、コーネリアがハラハラ見守る。その隣で、ヨツバがしきりに鳴いている。

「なんのっ、これしきっ！　へのかっぱ……！」

「ヘノカパ？　もうっ、こんな時まで変なこと言って――」

トゥトゥに小言を向けるコーネリアの前を、すっと人影が遮った。トゥトゥが必死に持っていた壺をひょいと取り上げると、軽々と肩に担ぐ。

「……シュティ・メイ？」

トゥトゥの問いかけに、かろうじて鼻先が見えるほど深くフードを被っていたシュティ・メイが、こくんと頷いた。

「……手伝ってくれるの？　にしても、そんなマント持ってたんだ……」

トゥトゥは、大きなフード付きのマントですっぽりと身を包んでいる彼の周りをぐるりと回った。確かに、これだけすっぽりと覆っていれば、耳に生えている小さな羽も、背中の大きな羽も隠せる。

シュティ・メイはトゥトゥの問いに答えなかった。トゥトゥはハッとする。

「ごめん。えーっと、手伝ってくれる、のかな？」

一度にする質問は一つに限らなければ、シュティ・メイは回答できない。

トゥトゥの質問に、シュティ・メイは今度は頷いた。

「外に出るために、マントを着てきたの？」

もう一度頷く。

シュティ・メイは自らの外見が、この世界では異形なのだと知っているのだろう。壺は重かったので、手伝ってくれるのは確かにありがたいが——今まで彼は一度も家から出ようとしなかったので、無理をしているのではないかとトゥトゥは心配になった。

「ちょっと！　何よそれ、私だって持てるわよこのぐらい！」

「めうっめうっ！」

シュティ・メイの背中に、コーネリアとヨツバが叫ぶ。

ヨツバは近頃ぐんと大きくなった。成長期なのか、出会った頃は手のひらに乗るサイズだったのに、今では片手で抱えるのすらきっと難しいだろう。コーネリアの足元で、少しだけ存在感を増した姿で壺を見上げている。

しかし、コーネリアがシュティ・メイの担いだ壺を取り上げようにも、ビクともしない。彼女の惨敗する姿を見て、ヨツバも尻込みする。

「……アレ、そこそこ重いわよ……」

「……めう……」

「ちょっとヨツバ、行きなさいよ」

「めうっ!?」

コーネリアに言われ、ヨツバは壺とコーネリアを見比べた。そして、果敢にジャンプするも、壺の高さまで届かない。なんとか壺を奪おうと奮闘する彼女たちを尻目に、トゥトゥはシュティ・メイに尋ねた。

「……外では、私から離れないでいてくれる？」

シュティ・メイが頷く。

「……ええっとじゃあ、せっかくなんで、よろしくお願いします」

トゥトゥは頭を下げる。それに合わせてシュティ・メイも頭を下げると、壺の紐にようやくぶら下がったヨツバが、ぐんっと持ち上げられた。落ちそうになっているヨツバと、慌てるコーネリア。

トゥトゥも咄嗟にヨツバに手を伸ばしたが、当のシュティ・メイは無頓着なままだった。

＊＊＊

「あら、あら！　そんなに気を遣わなくってもいいのに。うちも鶏はいるし、お互い様でしょ～」

そうは言いつつ、ちゃっかりと器を差し出してくる近所のおばさんに、トゥトゥは笑いながらソースを注ぐ。

シュティ・メイは、一緒に家の中に入れば噂好きのおばさんたちにもみくちゃにされ、しまいには大きな翼が見つかってしまうかもと、家の前で待ってもらうことにした。

「うちは特別にぎやかですから……」

「大変よねえ。下宿先でも犬を飼ってるなんて、よっぽど変わったお客さんなのねえ」

犬を飼っているわけではないが――いや、もう飼っているようなものか。便宜上「犬」と呼んでいるヨツバを思い出してトゥトゥは乾いた笑みを浮かべる。

「そうみたいです。あんまり詳しくは聞けないんですけど……」

そうよねそうよね、としたり顔でおばさんは頷くものの、やはり気になっているようだ。トウトゥは早々に話を変えることにした。

「ウスターソースも、お口に合ったようでよかったです」

「あぁ、これねえ。最初はねえ、こんな色だし……ちょっと戸惑ったんだけど……」

とろみのある、真っ黒な液体。

確かにちょっと、いや、見た目的にはだいぶ見慣れないかもしれない……

「息子がねえ、せっかくもらったんだから一度言われた通りにしてみたらって言うもんだから、野菜を炒めるときにちょっと入れてみたら……まーいい匂いで。息子もあたしもペロッと食べちまったよ」

トウトゥは乾いた笑みで賛辞を受け止めた。

「美味しく召し上がっていただけたようで嬉しいです。これ、野菜やワインを煮詰めてできてるんですよ。変なものは入ってないんで、安心してくださいね」

「へぇ！　そうなのかい！」

おばさんはまじまじと壺を見た。トウトゥはソースが垂れないように気を付けつつ、柄杓を壺の横の入れ物にしまう。

「あんた、さすがミンユさんの孫だけあって料理が上手だねえ。その年ならいい人の一人や二人、いるんだろ？」

「いえ、お恥ずかしながら――」

「そうなのかい？　そうだと思った！」

ちょっと、なんだと？

遠慮のないおばさんにトゥトゥは心の中でつっこんだ。

「うちの息子ももういい年だってのにプラプラしててねえ、あんた話だけでも——」

どこの世も、おばさんの一番の好物はこの手の話である。特に自分の息子がまだ独り身なら、誰かれかまわず声をかけていることだろう。すると、まくし立てるおばさんの声が聞こえたようで、話題の息子らしき人物がやってきた。

「母さん、人がいない時に勝手にそういう話してくれるなって、いつも言ってるだろ」

困り顔の素朴な青年は、トゥトゥに面目なさそうに頭を下げる。

「あんたがそんなのんびりしてるから！　あたしが生きてるうちに——」

二十四にもなって独り身のトゥトゥも、実家でさんざん母にせっつかれていたものだ。

「はいはい、わかったよ。それより、うちの前にいたの、そちらさんのツレじゃないの？　さっき通りの方に向かって走っていったけど……大丈夫？」

親子の会話を微笑ましく見守っていたトゥトゥは、その瞬間サーッと血の気が引いた。大急ぎで壺に蓋をして背負う。

「ごめんなさいおばさん！　お話はまた——！」

「ああ、いいよ行っといで。子供じゃないだろうし、そんなに急がんでも大丈夫だろうけどねえ……」

おばさんと息子に頭を下げて、トゥトゥは一目散に走っていった。

壺を持って走り回るのは骨が折れた。もう残り少ないとはいえ、紐で肩に担いだ壺は走ると振り子のように揺れて、重い。

王都に来てからずっと忙しかったトゥトゥは、用事のある場所ぐらいしか地理を把握していなかった。王都の建物は皆、真っ白な漆喰で固められているため、似たような景色ばかりで方向感覚がなくなる。トゥトゥはもう、ここがどこかもよくわからなかった。

膝ががくがくと震えだした頃、トゥトゥはようやくシュティ・メイを見つけた。

「シュティ・メイ！」

街中なので、声を抑えて叫んだ。シュティ・メイはしかし、ふらふらして歩みを止めない。最後の力を振り絞って走り寄り、シュティ・メイの手を引いた。そこでようやく、シュティ・メイはトゥトゥに気付いたように、ゆっくりと振り返った。

「もうっ！　離れちゃ、駄目って、言ったでっ、しょ！」

息を切らすトゥトゥに不思議そうに首を傾げたシュティ・メイは、ポンと手を叩いて、彼女から壺を奪った。

「どうしちゃったの？　急に……」

トゥトゥが息を整えて聞くと、シュティ・メイは顔をとある方向に向けた。

つられて、トゥトゥもそちらを見る。そこには、さすが王都と言いたくなるほど華々しい、立派な大聖堂があった。

「……教会？　何か……」

あるんですか？　と聞こうとしたトゥトゥの口元に、シュティ・メイが指を添える。唇を男性に触れられることなんて、トゥトゥにとっては初めてのことである。急激に頬に上る熱を感じながら、彼の指示通り口を閉ざす。

静かにしていると、微かに音楽が聞こえてきた。

「ピアノの音……？」

いや、オルガンだろうか。パイプを通るような独特な音を、トゥトゥはこの世界に生まれ変わって初めて耳にした。

「あっ、シュティ・メイ……！」

シュティ・メイは再び歩み始めた。音楽に引き寄せられている彼に、きっとトゥトゥの声は届いていないに違いない。

大聖堂の門は開かれていた。厳かな空気に足が止まってしまうが、教会はいつでも人々を受け入れてくれる場所のはずだ。

シュティ・メイはスタスタと門を潜ってしまった。トゥトゥは彼を引き留めるように、腕にしがみ付く。

ステンドグラスや金で装飾された礼拝堂。大きく取られた窓からは日の光が入り、室内は明るかった。一番奥の、ドンと構えたパイプオルガンの上には、背中から羽の生えた天使の絵が飾られている。

「いかがされましたか？」

牧師服に身を包んだ男性が、入り口付近でもたついているトゥトゥたちに声をかけてきた。トゥトゥは縮み上がる。

「すみません、すぐに出ていきますのでっ――！」

トゥトゥの緊張を読み取った男性は、柔らかい笑みで応（こた）える。

「何かお困りですか？　あちらでお話をうかがいましょう」

「いえ、えっと……！」

どう答えたらいいかわからず、トゥトゥは冷や汗を流す。しかし男性は返事を焦らせることなく、うんうんと頷いている。

トゥトゥの隣でじっとオルガンを見つめていたシュティ・メイが、いつものように声のない歌を歌い始めた。鳴り響くオルガンに合わせ、目を閉じて、体を揺らし、「歌」を伝える。

牧師はフードを深く被ったシュティ・メイに目をやる。

彼の異形（いぎょう）がもしばれてしまったら――！　焦るトゥトゥとは裏腹に、牧師は気の毒そうに目を細めた。

「……そうですか、お声が……」

そう、そうなんです！　トゥトゥはこくこくと頷いた。

「ですから、ええと。彼のために祈りに……」

「ええ。わかりますよ。神は声なきものの願いも、平等に聞き届けてくださいます。どうぞ、あちらで共に祈りましょう」

ほっとしたトゥトゥは、シュティ・メイの腕を組んだまま歩いた。万が一にもマントが脱げないよう、慎重に足を運ぶ。

シュティ・メイは素直にトゥトゥに従った。オルガンを間近で見たかったのかもしれない。いつも通りの無表情だが、その瞳はキラキラと輝いているように見えた。

牧師が足を止めると、トゥトゥも足を止めた。

シュティ・メイは喜びを歌にする。愛を歌にする。だからこそ、あれほど植物たちに恵みを与えられるのだ。

きっと、シュティ・メイは、かつては歌えたのだろう。歌を心から、愛していたのだろう。

——彼に、歌声が戻ってきますように。

トゥトゥは、牧師に向けたポーズとして祈り始めたはずだったのに、いつしか真剣にシュティ・メイのために祈っていた。

その真剣さに感心したのか、祈りを終えた後も牧師は親身だった。

「なにかありましたら、またお寄りください」

「ご親切に、ありがとうございます」

トゥトゥが深々と頭を下げるのを見て、シュティ・メイも真似るように頭を下げた。

「あの、牧師様」

「なんでしょう」

トゥトゥはじっとオルガンを見つめているシュティ・メイを見上げ、牧師に向き直った。

「こちらでは、いつもオルガンを弾いておられるのですか……？」

もしもそうなら、またシュティ・メイを連れてきてあげようと思っていたトゥトゥに、牧師は残念そうに首を振った。

「いえ……残念ですが、普段はあまり使用されません。此度（こたび）は、王が病に臥（ふ）せられておりますので、快気を願うために奏（かな）でているのです」

トゥトゥは驚いて目を見開いた。近所づきあいは最低限しているものの、井戸端（いどばた）会議などには全く参加していない。トゥトゥは世情に随分と疎（うと）かったようだ。

「王様のご容体は、それほどに……？」

「あまり芳（かんば）しくないそうです。王太子様が行方知れずなこともあり、すっかり気概を無くされてしまっているようで……」

王太子が行方不明——!?　下宿屋に引きこもって慌ただしく日々を過ごしている間に、世の中はそんな大事になっていたのかと、トゥトゥは目をひん剥（む）いて驚いた。

「すみません。最近田舎から出てきたもので……王太子様が……？」

「そうだったのですね。イリクサール殿下は、王の唯一の男児。聡明で人望もあり、国の未来を背負って立つお方だったのですが——先日不慮（ふりょ）の事故にあわれ……それから行方が知れないのです。もうお姿を見なくなってふた月……」

牧師はきっぱりと言葉にはしなかったが、きっと、見つかる望みは薄いのだろう。

「今回ばかりは、早くオルガンの音が止まってほしいものです……」

王が死んでしまえば、国は大きく混乱することだろう。

「本当ですね……」

トゥトゥは切実な気持ちで、もう一度手を合わせて、王と王子の無事を祈った。

＊＊＊

「ユオー」

困った時の、ユオ頼み。

その日の仕事を全て終えたトゥトゥは、手持ち燭台（しょくだい）を持って月明かりの照らす廊下から、ユオの部屋をノックした。

しばらく待つと、ユオが扉を開けた。

「なんだ孫娘。オーガも裸足（はだし）で逃げ出しそうなほど不気味な笑みだぞ」

「よくわかんないけど貶（けな）されてることだけはわかりましたっ」

嫌な顔をしたいのをこらえ、トゥトゥはユオをうかがい見る。

「実は～……お聞きしたいことがありまして」

「なんだ、歌い人の件か？」

なぜわかった。目を丸くして驚くトゥトゥに、おぬしの考えていることなど何でもお見通しだとでもいう風に、ユオは笑った。

「今日、珍しくあやつが外に出たと聞いた。大よそ見当はつく」

「ははーユオ様。おみそれいたしましたー！」

棒読みで告げると、トゥトゥは両手を組み合わせた。昼間もした祈りのポーズだ。

「それで、お話をうかがいたく……」

「そのちっぽけな頭に、おがくずを詰め込んでいる小娘よ。よく聞くがいい」

あまりの言い草に反論したかったが、トゥトゥは素直に「はい」と答えた。

「俺はすでに、二度警告した。――この場で、その耳で、聞いた覚えはあるな？」

腕を組んだユオは、ドアの枠にしなだれてトゥトゥを見下ろしていた。

今日はまだ折っていないのか、尖った八重歯（やえば）が三日月形の唇から覗（のぞ）いている。蝋燭（ろうそく）の灯りに照らされた金色のキャッツアイのような瞳は、どこか不穏に揺れる。

喉ぼとけの見える、襟ぐりの広いシャツ。まとう空気はピアノ線のごとく張りつめている。なのに、ムスクの香りにも似た色気を感じ、トゥトゥは無意識に後退（あとずさ）った。トゥトゥを追い詰めるように、ユオは一歩大きく踏み出す。

「俺は言ったな。――夜に、男の部屋を訪れるなと」

額がくっつきそうなほど近くで、トゥトゥはユオの細長い瞳孔（どうこう）を見つめた。ガーネットのように赤い髪が、さらりとトゥトゥの頬を撫（な）でる。蝋燭（ろうそく）の灯りはいつの間にか消えている。夜の闇はこの男の味方なのだろう。

――トゥトゥは一度目を瞑(つむ)り、力を込めて開いた。

「大丈夫。私だって夜にこんな不気味なコレクションのある部屋に入る勇気、ないから！　シュテイ・メイの話が聞きたいから、庭に下りてきて！」

んじゃよろしく！　と片手を上げたトゥトゥは、呆気にとられるユオに背を向けると、脱兎(だっと)のごとく逃げ出した。

「うひぃ〜〜っ！」

螺旋(らせん)階段を下りながら、真っ赤に顔を染めたトゥトゥは両手で頬を押さえていた。

ああいうからかいは慣れていない。

いつもはもう少しだけ、笑いに逃げる余白をくれるくせに。

螺旋(らせん)階段を駆け下りるトゥトゥの背中に、ユオの大笑いが届いた。


「それで、何が聞きたい。わがまま娘」

トゥトゥの慌てっぷりがよほど面白かったのか、庭に下りてきたユオは上機嫌だった。トゥトゥはからかわれたことが悔しく、へそを曲げたいところだが、ここはぐっと我慢する。

シュティ・メイやコーネリアはすでに自室で休んでいることだろう。ヨツバも最近特にお気に入りのトゥトゥのベッドで眠っているに違いない。彼らは朝が早いため、その分夜も早い。

庭先に並んで座る二人を月明かりが柔らかく映し出している。トゥトゥは意を決して口を開いた。

「……あの鍵を使えば、何度でも自分の世界に帰れるんでしょ？　コーネリアは近頃自分の世界に帰り始めたみたい。ユオもたまに帰ってるよね？」

ユオは片眉を上げた。なぜ？　と問うているようだと思った。

「だって、たまに靴の裏に泥がついたまま帰ってきてるから……」

あの部屋を掃除しているのは、トゥトゥだ。不気味なコレクションたちは薄目でしか見ないが、床はしっかりと見ている。ユオの部屋だけに、たまに足跡がくっきり残っていることがあり、それは異世界から帰ってきた印だ。

「小娘のくせに、よく見ておるではないか」

素直に褒められたことにして、トゥトゥは笑って礼を言った。

ユオもコーネリアも、すぐに下宿屋を出ていくような気配はないが、帰るべき場所がある。

——だが。

「……ねえ、じゃあ、シュティ・メイは……？」

ふとした時、彼はいつも空を見ていた。青く澄んだ、高い空を見上げては、届かない願いに胸を焦(こ)がしているように見えた。

彼が育てた植物を商品にするという話題が出た時、彼は二つ返事で承諾してくれた。あの時はトゥトゥのためにそう言ってくれたのだと思っていた、だけど。

「今日、オルガンの音を聞いて、駆け出したんだ……あのシュティ・メイが」

「ほう」

「そんなに音楽が好きなのに、そんなに歌が好きなのに。音楽なんてほとんどないこの世界に、どうして留まり続けるのかな……」

礼拝堂で、まるで水を得た魚のように生き生きとしたシュティ・メイを思い出して、トゥトゥは胸が締めつけられた。あんなに嬉しそうなシュティ・メイの表情は見たことがなかった。

「それを俺に聞くとは、相手が違うとは思わんか」

「それがわかってるから、夜中に、こんなこそこそ隠れて聞いてるんでしょ。いじめようったって、そうはいかないんだから」

つーんと、頬を膨らませたトゥトゥは膝を抱えたままそっぽを向いた。

デリケートな問題は、他人に聞いたりせずに本人に聞くべきだ。誠実な人はそう思うだろう。だけどトゥトゥはそうしなかった。嘘や隠しごとが、時に優しさになることを、トゥトゥは知っていたからだ。

「なんだ開き直りおって、つまらんな」

本当につまらなそうな顔をするユオに、トゥトゥは立ち上がって頭を下げた。

「一緒の家にずっと暮らしてるんだもん。大事なことは知っておきたいの。お願いします、教えてください」

深々と頭を下げるトゥトゥに、ユオはため息を一つ吐き出した。

「俺とあやつの住む世界は違う。見てきたわけではないから想像の部分も多いが——まぁ、それほど外れてはおらんだろう」

期待を込めて見上げるトゥトゥに、ユオは言う。

「有翼人(ハーピー)を知らんと言ったな」

「うん」

「有翼人(ハーピー)は歌を好む。空を駆け、その美しい声で聴くもの全てを魅了する。そして——その卵から、雄が孵(かえ)ることはない」

トゥトゥは無意識に呼吸を止めた。ユオは静かな声色のまま、繰り返した。

「有翼人(ハーピー)の卵から、雄は産まれない」

口を開いて、閉じる。まるでトゥトゥまでも声を失ってしまったかのように、上手く言葉が発せられない。

「だって、シュティ・メイが——」

彼がいるじゃないか。

そう、トゥトゥは続けられなかった。彼の背には羽がある。それは疑うべくもない事実だった。

「何との掛け合わせかは知らんが、おそらくは人であろうなあ。禁忌(きんき)の子よ」

掛け合わせ、禁忌(きんき)の子。

あまりのことに、言葉が継げない。

「想像してみよ。雌の群れの中に一羽、許されぬ雄が紛れている様(さま)を——歌は有翼人(ハーピー)のものだと、有翼人(ハーピー)は雌だけだと迫害されてきたのかもしれぬなあ」

トゥトゥは唇を噛み締(し)めた。ユオをじっと見つめていた大きな瞳から、涙がこぼれ落ちる。

「扉を通ってこの宿に来たあやつは傷だらけで、虫の息だったよ」

あぁ、なのに。それなのに、彼は――

「それでも、歌を捨てきれぬあやつは、憐（あわ）れな歌う（シュティ）・男（メイ）だ」

――歌が好きなんだ。

故郷を捨て、声を失っても、歌への愛を忘れられないんだ。

「おぬしにどうこうできる問題でもあるまい。肝心なところだけ理解し、あとはそっと――」

ぼろぼろぼろ、と滝のように涙をこぼしていたトゥトゥが、ユオの胸に勢いよく抱き付いた。

ユオは一瞬目を見開いた後、心底いやそうな顔をする。

「……耳は飾りで、脳はおがくずで、あとは何なら気が済むのだ？　小娘よ……」

「がばいぞう」

涙のせいで声が震える。トゥトゥは鼻水をズズッと吸ってもう一度言った。

「かわいそうっ！」

「……それは憐（あわ）れだろう……が。そう堂々と他者を憐（あわ）れむものではない」

「かわいそう、かわいそう、かわいそう！」

トゥトゥはユオのシャツにしがみ付いた。

「その時そこにいたら！　ぎゅってして、大丈夫って言ってあげたのに！　声を失う前に――大好きな歌が、歌えなくなる前に！」

　ユオの言うことが丸っきり真実かはわからない。けれど彼は現に血まみれでやってきて、一度も故郷に帰ろうとしないのだ。

彼は憐れまれることを厭うだろうか。憐れむトゥトゥを嫌うだろうか。

だけど、トゥトゥはシュティ・メイが憐れで、そして優しくしてあげたくてたまらなかった。

「ユオ、ユオ〜〜！」

ずびび、と鼻水を啜るトゥトゥに、ユオはほとほと呆れている。

「絶世の美男の胸で泣いているというのに、色気のない小娘だ」

「もおお。もぉおお！」

シュティ・メイに、優しくしてあげたかった。いや、少し違うのかもしれない。ちょっとでも、楽しいって思ってほしい。笑顔になってほしい。押し付けかもしれないが、彼に注ぐ「幸せ」を少しでも増やしたい。

「私に何かできるかな……どうしたらいいと思う？」

「さてなあ」

ユオに尋ねているようで、その実自分の心に問いかけていたトゥトゥは、ユオの胸から勢いよく顔を上げた。

涙で顔を汚したトゥトゥを、ユオは眉をひそめて見下ろしている。

「……なんだ？」

「いいこと思いついた！」

鼻水を垂らしたままパァッと顔を輝かせてそう叫んだトゥトゥに、ユオは顔を引き攣らせた。

「シュティー・メーイ！」

昼下がりの庭に、明るい声が響く。

いつものように、シュティ・メイが庭で休憩しているのを見計らうと、トゥトゥはユオとコーネリア、ヨツバを引き連れて庭に出た。大きな麦わら帽子を被って、ぼうっとしていたシュティ・メイは、突然現れた大所帯に少しだけ驚いている様子だった。

鶏（にわとり）の行進を踏まないように、トゥトゥはシュティ・メイに近づいた。必死な形相（ぎょうそう）で何かをぶつぶつとつぶやいているコーネリアや、眠そうなユオがそれに続いた。

「いーい。聴いててよ」

トゥトゥはそう言うと、背に隠し持っていたものを取り出した。縦長の木の筒——以前、二階の納戸（なんど）を掃除していた時に発掘した、古い客の忘れものである。それは、前世のトゥトゥのよく知る——リコーダーだった。

リコーダーを構えたトゥトゥの後ろには、トゥトゥ特製の太鼓を持ったユオに、小さな貝殻をいくつも連ねて作った風鈴を持ったコーネリア、そして植物の種と木皿で作ったマラカスを咥（くわ）えるヨツバの姿があった。

「……？」

シュティ・メイは、パチクリと瞬（まばた）きをする。トゥトゥたちが何をしようとしているのか、わからなかったようだ。

「いくわよ、さん、にい、いちっ」

――ピー　トト　シャランシャラン　ピーピピ　ジャンジャラ　トントン
およそ音楽とは思えない、ちぐはぐな演奏会が始まった。

トゥトゥは久しぶりのリコーダーにただただ必死だった。指遣いもそれほど覚えているわけではない。さらに、トゥトゥが知っているリコーダーよりも、ずっと、吹きにくい。

だが、トゥトゥ以上に他の皆もひどかった。練習するとシュティ・メイにばれてしまうため、楽器を渡したのはついさっき。それどころか、演奏会の協力を申し出たのもついさっきだ。

――シャラン　ララ　シャラララララ……

皆、それぞれの楽器を演奏しながら、庭をぐるぐる行進する。

コーネリアは「なんで私が鳥のために！」と怒っていたが、鬼のような形相で、必死に貝殻の風鈴を鳴らしている。

――トントン　トトン　トントトン
元々協調性のないユオは、適当に太鼓を叩いている。編み籠に厚手の硬い布を張っただけだが、綺麗なリズムが奏でられている。

――ジャラジャラ　ジャッジャラ　ジャッジャッ
ヨツバは、木の器の中にハーブの種や乾燥させた豆を入れ、布できつく縛ったものを口で咥えていた。ジャンプする拍子に音が出るのが楽しいようで、一番ノリノリに演奏している。

――ピピピパーポ　トトトントン　シャラシャラリララ　ジャンジャカジャン

合わせると、やはりひどいものである。

あぁだめだ。音はぐちゃぐちゃ、リズムもない。こんなのじゃきっと、シュティ・メイは喜んでくれない。リコーダーを必死に操りながら、内心涙を流していたトゥトゥの耳に、信じられない声が届いた。

「――巡り響く……」

――トゥトゥは衝撃のあまり、足を止めた。

「幾重に流れる……白む空」

儚く、囁きかけるような、歌声が聴こえる。

止まったトゥトゥの演奏に、コーネリアが不審そうに視線を向ける。トゥトゥは慌てて、演奏を再開した。演奏を、止めてはいけない。

「たゆたう葉擦れ……麗しく舞い遊ぶ」

演奏の隙間から、今まで聞いたことのない声が聴こえることに、コーネリアも気付いたようだ。目を見開いたコーネリアが立ち止まる。トゥトゥを勢いよく振り返るが、トゥトゥは演奏を続けてほしいと目で訴えた。

コーネリアは楽器を持ち直す。だけど耳に入るその声に、どういう顔をすればいいのかわからないようだった。

「きらりきらり、歌う海原、青く」

リコーダーを吹く息が震える。トゥトゥは心が満たされる。

胸に収まりきらない喜びが、涙となってトゥトゥの頬から流れ落ちた。

シュティ・メイの足元で、ヨツバが嬉しそうに、いつもよりずっと高く跳ねていた。

ユオは満足げに歌に聴き入っている。

「奏(かな)でる音にとける、夢のまたたき」

いつもは無表情で空を見上げているシュティ・メイが、目を閉じて揺れている。

「愛なり、愛なり」

無様でちぐはぐな――だけど、優しさがたっぷり詰まった演奏に合わせて。

歌声に聞き惚れ、皆思わず演奏を止め、楽器を下げる。最後まで粘ったトゥトゥも、こらえ切れずに、ポロポロと涙をこぼしながら、リコーダーから口を離した。

「我(われ)が、愛なり」

美しい歌声だった。

湖畔(こはん)の鳥の鳴き声よりも、きっと天国の天使の歌声よりも、ずっと綺麗な歌声だった。

――歌(シュ)う・男(メイ)。

その名に恥じぬ、美しい歌声が庭に響いた。

第七章

実りの秋は、まるで風にあおられるかのように、一気に広がっていった。
秋はこの世界にとって、一番活気づく季節だ。春にまいた種が収穫を迎え、産卵のために川から下ってきた魚がたっぷりと港であげられ、他国に行っていた隊商が帰国し始める。珠玉のワインやビールが市場に並び、隊商に売るために一年かけて作った様々な品を、職人たちが競うように展示する。盛り上がりを嗅ぎつけた楽師たちが、馬車を率いて見世物小屋を開き、飴売りが露店を始める。

人々は皆、笑顔で街を賑わす。目を凝らすと、少し離れた農村部で焼き畑の煙が見える。秋の匂いを吸い込み、トゥトゥは胸を膨らませた。

「王都の秋は初めてだけど……賑やかだねえ。馬車置き場があるせいか、宿屋の看板も出してないのに、お客さんが来ちゃった」

宿屋時代のカウンターは今も玄関に残されている。トゥトゥはそこで、本日何度目かになる来客を断っていた。

カウンターの後ろの棚には、先日の即席の楽器たちが並べられている。リビングと炊事場を繋ぐ通路にあるこの場所は、毎日皆が何度も通る場所だった。シュティ・メイが、楽器を見る度にほんの少し顔をほころばせているのに、トゥトゥは気づいていた。

「縁故のないものはこの時期宿を探すだけでも一苦労だろうな。どこも商人や遠方からの客でいっぱいだ」

カウンターを出ると、炊事場に向かった。ユオもトゥトゥの後に続く。

「そっかー……もしかしなくても、うちも今が稼ぎ時では……？」

「ほう、イクモウシャンプーとやらを樽で作るか？」

ユオの冗談にトゥトゥは笑った。確かに、それだけ売れば大儲けに違いない。だが、シュティ・メイが元の世界に戻る可能性が低いとはいえ——やはり、他の誰かに売るつもりはない。

「最近、薄毛のお友達はどう？　髪増えた？」

「近頃どうやらあまり体調が芳(かんば)しくないようでな。間に人を入れてやりとりしておる。まぁ、求めてくるということは使っているのだろう」

トゥトゥは心配になった。ユオの知り合いは、どうやらそこそこの年齢のようだ。

「元気になるといいね……」

ポックリ逝(い)かれては、貴重な収入源が無くなってしまう。

「冬を越すためにも、さっきのお客さんたち、断らないほうがよかったかな……？」

「ははは、まずは俺らを隠す布でも用意してくるんだな」

トゥトゥは「そうだねえ」と力なく笑って、仕込んでいた鍋の蓋を開けた。いい香りがふわりと顔に吹きかかった。

味見のためについてきたのだろうユオの口に、味付けしたジャガイモを放り込む。炊事場から庭へと続く扉は大きく開け放たれているため、外の声がよく届いた。

「あー！　もうっ、せっかく集めたのに！　落ち葉で遊ぶんじゃないって言ったでしょ！」

「ぅ、めうっ……！」

「コケコッコケーッ！」

庭からコーネリアの怒号が響く。すっかりお姉さん気分のコーネリアは、海色の長い髪に赤や黄色の落ち葉をくっつけながら、箒で庭の手入れをしていた。会話の内容からして、また鶏とヨツバが彼女の邪魔をしているのだろう。

両手じゃないと抱き上げられないぐらい大きくなっているヨツバは、相変わらずやんちゃだ。

「走り回るな、羽ばたくなー！　もう、シュティ・メイ！　あんたもなんか言いなさいよ！」

「……キンキンして、耳が痛い」

「なんですって!?」

声を失っている期間が長かったからか、彼は声を取り戻した後も、口数が多い方ではない。

「もう一度言ってみなさいよ！」

「うるさい」

もう一度言ってのけたシュティ・メイに、コーネリアは言葉なく震え、真珠のような肌を珊瑚色に染め上げる。

「なによ！　バカっ！」

バカ、バカっ！　と続ける声は震えていた。怒りからか、恥ずかしさからかは、コーネリアのみが知るところである。

「めうめうっ！」

シュティ・メイの声が戻って飛躍的に変わったことがあった。

「……ヨツバも、うるさいって言ってる」

「めうっ!?　めめめうっ！」

下宿屋のコミュニケーションスキルのレベルが一つ上がったのだ。

彼は知性を持つ動物の言葉がわかるらしい。残念ながら、鶏の言葉はわからないらしいが、大まかには理解できるという。

ヨツバの気持ちがわかるようになっただけでも、とても助かっている。

「な、なっ……何よ！　あんたなんて、大っ嫌い！」

シュティ・メイは両手の人差し指で耳を塞ぐと、コーネリアに辟易したように嘆息した。そして夜泣きする赤ん坊を宥めるように、歌を口ずさみ始める。

「――遥か遥か、誰も知らない旅路の果て……」

箒を振り回していたコーネリアは、ピタリと怒鳴るのを止めた。冤罪を主張するように走り回っていたヨツバも、シュティ・メイの足元にしゃがみこむ。鶏たちは、気持ちよさそうにリズムを取って揺れている。

シュティ・メイの、天使のような歌声が庭に満ちる。

耳にするたびに、トゥトゥの家事の手が止まってしまうほど、その声は美しかった。植物も魅了する歌声は、コーネリアの癇癪(かんしゃく)も一瞬で収めてしまう。

決して大きな歌声ではない。きっと庭の木々に吸い取られ、近所にまで届くことはないだろう。それなのに、トゥトゥたちのもとまで届くのは、きっと風までもが彼の味方をしているからに違いない。風に乗り、聴かせたい人のもとまで、彼の歌は届く。

嬉しさが心に染みるような、喜びが詰められた歌。

「最近、『無視するなー!』ってネリーが怒らなくなったね」

トゥトゥが来た当初、コーネリアはシュティ・メイに向かってよくそう叫んでいた。シュティ・メイが話せるようになったこともあるだろうけど——コーネリアの態度が変わってきたのは、そのおかげだけではない気がする。最近はシュティ・メイがコーネリアと、よく向き合っているように見えるからだ。

「まあシュティ・メイの対応は、まだまだおざなりな気がするけど」

「なに、雛鳥と稚魚のようなものだ。見守ってやるのが年寄りの務めというもの」

そりゃあ百年以上生きてる吸血鬼さんにとっては、二人ともまだ赤ちゃんみたいなものだろうけど——

「……ん？　雛鳥と稚魚と、最後の年寄りって、誰？」

まさか私？　鍋を掻(か)き混ぜつつトゥトゥは眉根を寄せる。

「ははは」

ユオは笑うだけで否定も肯定もせず、トゥトゥの眉間の皺(しわ)に指で触れながら口を開いた。

「あやつがここに来て、どのくらい経つか……ミンユも、この庭に有翼人(ハーピー)の歌が響くようになるとは思わなかっただろうな。おぬしのおかげよ」

うら若きトゥトゥを、自分と同じく年寄り扱いした罪ほろぼしにか、ユオが珍しいほど素直に褒める。

庭では一時休戦して、シュティ・メイの歌声に皆酔いしれている。誰も彼も、幸せそうな顔をして。

「……椎茸(しいたけ)も食べる？」

「無論だ」

あーん、と八重歯(やえば)の生えた口が開く。

眉間の皺(しわ)が取れたトゥトゥは、その口に椎茸(しいたけ)を突っ込んでやった。


この下宿屋では、特別な日以外は、基本的に昼ご飯が正餐(せいさん)だ。ダイニングテーブルの上に大皿を並べ、ヨツバのご飯を床に置くと、皆で食べ始める。

ジャガイモやアスパラガスをベーコンで炒めたもの。豆と椎茸(しいたけ)のサラダ。イワシの南蛮漬け。レモンの皮や人参の浅漬けには、ローズマリーやローリエ、乾燥バジルを仕込んである。

食事の席では、あまり会話は盛り上がらない。行儀の悪さ——というよりも、万が一喧嘩をしてしまうと大変だからである。下宿屋ルールその一「リビングでは喧嘩をしない」を、皆律義に守っている。

「ヨツバ、食べ終わったならおいで」

ご飯の後、ヨツバは口元を拭ってやらなければならない。白い綺麗な毛並みにどうしても食事の跡がつくからだ。

「めうめうっ！」

しかし、顔中を汚したままのヨツバは、気にせずにリビングの中を走り回る。体が大きくなった分、逃げ足もぐんと速くなった。トゥトゥは叫びたいのを我慢してヨツバを追いかける。

「待ってヨツバ！　拭かなきゃ痒くなるよ！」

それと家中に食べこぼしを広げて回るのはやめて〜！　必死に追いかけるトゥトゥが面白いのか、ヨツバは白いふわふわの毛を靡かせながら、ソファの上やテーブルの下を縦横無尽に駆け回る。

コーネリアが自室に戻っていて幸いだった。ヨツバが、トゥトゥに舐めた態度を取ると彼女は猛烈に怒るためだ。

「孫娘、皿は全て下げ終わったのか？」

手伝いをしてくれていたユオが、リビングに顔を覗かせた。その瞬間、ヨツバは駆け回っていたのが嘘のように、ピシリと固まる。毛の先まで硬直したかのようなヨツバは、急停止したポーズのまま、その場にパタンと倒れた。

「よくやった、ユオ！」

トゥトゥは今のうちとばかりにヨツバを抱き上げ口元を拭う。ヨツバはユオから目を離せないようで、ガチガチに固まったままユオを見つめ続けている。

「取って食いやしないのに、なあ？」

トゥトゥの手の中からヨツバをつまむと、ユオは自らの目の高さまでヨツバを持ち上げた。トゥトゥが両手でなければ持ち上げられないヨツバを、いともあっさりと。

ヨツバは涙目で、だらだらと汗と鼻水を流している。

「飯の時は近付いても平気なくせに、現金なやつだ」

ははは と笑ったユオは、ソファに座って静観していたシュティ・メイにヨツバをポイと投げた。

ヨツバはシュティ・メイの膝に慌てて飛び乗ると、肺から息を吐きだす。

「ユオ、私が見てないところで、ヨツバに何か意地悪してるんじゃないでしょうね？」

ユオに対してヨツバがこうなるのは日常茶飯事とはいえ、トゥトゥは不安になって尋ねた。ユオは顎に指を当て、ふむと言う。

「こやつが俺を恐れるのは本能だろうなあ。俺を恐怖そのものだとでも思っているようだ」

「恐怖そのものって……大げさな。大丈夫だよ、ヨツバ。ユオは動物の血は吸わないんだ……よ、ね？」

「吸わぬ吸わぬ。こんな小さいの」

小さければ吸わないなんて優しいとこもあるもんだと感心したトゥトゥに、小さな声が届いた。

「……許しが」

聞き慣れない麗しい声は、シュティ・メイのものである。

「欲しいと」

平たい大きな手で、ヨツバの毛を撫でながらシュティ・メイがつぶやいた。ヨツバは、硬直こそしていないが、未だ緊張が解けないようだ。シュティ・メイの膝の上で、あわあわと怯えながらユオを見つめ続けている。

「……許し？　なんの？」

「なるほどなあ。そのほうは魔の眷属であったか。世界が違うというのに、難儀なものよ」

なになに、何の話？　わかっていないのはトゥトゥだけで、男たちの間では会話は成立しているようだ。ユオは、ヨツバに手を差し出す。

「ほれ、四つ足。ちこうよれ」

ユオにそう声をかけられたヨツバは、耳と尻尾をピンと立てた。そして、ユオの言葉に従い、ぽてぽての太い足をギギギギッと動かす。

「……はい、ユオ先生。これ、何のお遊び？」

一人ついていけていないトゥトゥは手を上げて質問をした。

「拝謁を許す王の戯れだ」

「……なんでいきなり、ままごとが始まってるのよ」

呆れてユオを見上げる。しかし、ソファから下り立ったヨツバを見てトゥトゥは度肝を抜かれた。

「え……!?　ヨツバが、自分からユオに近づいてる……!?」

なんとも珍しい光景だった。カタツムリの方がもう少し早く歩きそうなものだが、確かに近づいている。

トゥトゥは唖然として見守り続ける。ヨツバは『ギク、シャク、ギク、シャク』という擬音が聞こえてきそうな様子でユオの足元まで辿り着くと――その場で力尽きたように倒れた。

「ああ、ヨツバ、無茶して……！」

「果敢ではないか」

「もうっ！　ユオが変なこと言うから！」

きゅう、と目を回しているヨツバをトゥトゥが両手で抱きかかえる。「ははは」と笑うユオの隣で、シュティ・メイも穏やかにヨツバを見ている。ヨツバの頑張りを認めたような二人の表情に、トゥトゥはわけがわからなかったが、ヨツバを褒めてあげたくなった。


「トゥトゥ。……これ、姉さまたちが渡しなさいって」

自室にこもっていたコーネリアがリビングに下りてくると、そう言った。シュティ・メイとヨツバは、先ほどのままごとの後に庭に出ていったので、リビングにはトゥトゥとユオの二人しかいなかった。

トゥトゥは内職の手を止め、コーネリアに向き合う。そして彼女の手の中のものを見てぎょっとする。

「……わ、渡しなさいって……私に……!?」

「そう」

彼女が持っていたのは、見たこともないほど大ぶりの、立派な真珠のネックレス。中央にあるいくつかの大きな真珠を取り囲むように、小さな真珠が連なり模様を描いている。チェーン細工にはしずく型の真珠もあしらわれているようだ。

前世を知るトゥトゥは、真珠のあまりの大きさに、真っ先にイミテーションパールを連想した。しかし、異世界に住むコーネリアがそんなものを持っているはずがないだろう。

「いや、待って待って。そりゃあいただけるものならば、いただきたいけど……いくら友達のお姉ちゃんからとはいえ、それはちょっと……」

前世でも、友人の姉からのおさがりは大変貴重なおしゃれ道具だった。ちょっと大人っぽいコートや、使わなくなったアイシャドーをもらったりしたものだ。背伸びをしたい年頃に、姉世代は救世主だった。

しかしだからといって、さすがにこんな高価そうなものはもらえない。

「……友達」

顔を赤くしてコーネリアがつぶやいた。今反応してほしいところはそこじゃないんだけどな、と思いつつトゥトゥも照れてしまう。

「ほう、〝人魚のなみだ〟ではないか」

ソファで本を読んでいたユオが、コーネリアの持っているネックレスを見てそう言った。背もたれに両手をのせ、ふんぞり返ってこちらを見ている。

「〝人魚のなみだ〟？」

トゥトゥの後ろに回ったコーネリアが、戸惑うトゥトゥを無視して、強引にネックレスを付けようとする。トゥトゥは、固まったまま襟首を晒す。

「名の通りだ。人魚は己の涙を結晶化させる術を持つ。美しかろう」

ユオに言われ、トゥトゥはネックレスを見下ろした。コーネリアは不慣れなのか、留め具を付けるのに四苦八苦している。

「……涙」

指先でそっと触れるとひんやりした。トゥトゥは必死なコーネリアの邪魔にならぬよう、戸惑いがちに問いかける。

「コーネリアが、泣いたの……？」

「……私じゃないわ。姉さまたちよ。これは全部、姉さまたちの涙」

トゥトゥは息を呑んだ。

「孫娘。おぬしは人前で涙を見せるか？」

「えっ……ううん、あんまり」

子供の頃ならともかく、最近は余程悲しいことでも起きない限りは、ほとんど人前で泣くことはない。

「人魚も同じ――いやそれ以上に泣くことは稀だろうな」

トゥトゥは頷いた。これ程美しいのだ。人魚の涙が真珠になると知られれば、邪な考えを持つものも出てくるだろう。真珠を取るために人魚を捕らえて泣かせようとしたり、見世物にしようとしたり――。人魚たちはきっと、人前で涙を見せることには慎重にならざるを得なかったのだろう。

『これは全部、姉さまたちの涙』

なのに、会ったこともないコーネリアの姉たちの涙が、今トゥトゥの胸元に飾られようとしている。

ようやくネックレスの留め具を付け終えたコーネリアが、螺鈿(らでん)細工の手鏡を取り出した。トゥトゥの正面に立ち、胸元が見えるように映し出す。

「……人魚が涙を贈るのは、最高の信頼と感謝のしるし」

トゥトゥの胸元が、コーネリアの姉の涙で彩(いろど)られている。どんな王侯貴族の持つ宝石にも引けを取らないそのネックレスを見て、トゥトゥはきゅっと唇を噛んだ。

「姉さまたちが、トゥトゥに……ありがとうって」

鏡を持ったコーネリアは、頬を赤らめそっぽを向いている。

「――まっ、今まで恥ずかしかった末の妹が、多少は見られるようになってて、嬉しかったんじゃないの？」

口早に言うコーネリア。トゥトゥは眉間に力を込めて泣くのをこらえるのに必死だった。

コーネリアはお姉さんたちに会いにいったのだろう。

以前トゥトゥが言ったように、「どうだ！」と、美しくなった自分を見せつけたに違いない。

お姉さんたちはきっと心から喜んだ――戻ってきた明るい妹の笑顔を。笑い声を。

だから、顔も知らないトゥトゥに贈ったのだ。

自分たちにとって一番、価値があるものを。

「……ネリー」

受け取れない、なんてもう言えなかった。着古して色の褪せたシャツには、到底似合わない豪華なネックレス。きっともったいなくて付けることなんてできないし、似合う服も着ることはないだろう。だけど、この真珠一粒一粒に詰まった想いが、トゥトゥには心底嬉しかった。

「ありがとう、ネリー。こんなに素敵な贈り物……本当に嬉しい。お姉さんたちに、手紙を書いたら届けてくれる？」

「手紙なんて水に浸けたら破れちゃうわ。私が伝えに行くから、教えて」

姉との仲直りが気恥ずかしいのか、口早に言うコーネリアに、トゥトゥはぎゅっと抱き付いた。


木材を削り、芯を作る。それに、着古したシャツを被せると、中に細かく刻んだ麦わらを詰めていく。ぎゅうぎゅうに詰め、開いていた箇所を縫い閉じれば、手作りトルソーの完成だ。

「これに、さっきいただいたネックレスを飾って……」

ユオは本を読み終わったのか、いつものように自室にこもりに行った。おかげで、心おきなくダイニングテーブルを糸くずだらけにできる。

仕舞いっぱなしにするには、あまりにももったいないネックレス。コーネリアの姉たちの気持ちを箱に仕舞い込みたくなかったトゥトゥは、多少見劣りするがディスプレイ台を作ることにしたのだ。

「ベッドのそばに大切に飾っておくから」

トゥトゥの隣で、作業を見ていたコーネリアは、興味なさそうに顔を背けた。

「そっ」

どっちでもいいわ、と続ける彼女の頬は珊瑚色。

「早速飾ってくるね」

トルソーを抱えてうきうきと立ち上がったトゥトゥの腰に、コーネリアが巻き付く。さすがにコーネリアごと引きずって行くわけにもいかず、トルソーを抱えたままトゥトゥは立ち止まった。

「ネリー？」

「……ありがとう」

トゥトゥは「どういたしまして」とコーネリアの頭を撫でた。

第八章

実りの秋を過ぎ、葉の枯れた木々は、もう間近に迫った新しい季節を迎えようとしている。

そんな木々に囲まれた下宿屋の庭にある風呂場は、寒くなってくるとますます大活躍だ。大衆浴場が一般的なこの世界では、中々の贅沢（ぜいたく）といえる。

「あ〜いい湯だなあ……こうやって皆で入ると温泉みたい……」

節約のため、女性二人とヨツバはこのところ一緒に風呂に入る。トゥトゥは浴槽に浸（つ）かり、縁（ふち）にだらりと寄りかかっていた。水仕事で冷え切っていた手足を、じんわりとした熱が温めてくれる。

「私が行ったことがあれば、そのオンセンっていうのにも繋（つな）いであげられるんだけど」

「わ〜〜そしたら温泉入り放題かぁ……夢の国かな……」

人魚スタイルのコーネリアは、浴室でワシャワシャとヨツバを洗っている。トゥトゥが洗うと、途中で何度も体を振られて泡が飛び散るため、コーネリアの担当になったのだ。

魚の尾はトゥトゥには随分と座りにくく見えるが、コーネリアは器用に尾をくの字に曲げて座っている。

コーネリアの――多分だが太腿辺りに乗せられたヨツバは、文句一つ言わずに、泡まみれになっている。

「問題はそのオンセンが、ここら辺にないってことね」

「それだー……」

がっくし、とトゥトゥは肩を落とす。

「めうぅ……」

「あら。ヨツバが限界みたいね。湯を取ってちょうだい」

「ほいさっ」

桶に湯を汲み、トゥトゥはコーネリアに渡した。コーネリアはそれを受け取ると、ザバーッとヨツバにかける。泡だらけだったヨツバは、ぷるぷるぷるっと首を振って、顔にかかる水を飛ばした。

「ヨツバ大きくなったなー……」

泡を洗い流したヨツバを、トゥトゥが両腕で抱えて湯船に入れる。湯船に入った瞬間、ヨツバはトゥトゥの手を逃れ、前足で湯をかいてスイスイ泳ぎだした。ヨツバの毛が漂い、さらに体積が大きく見える。

泡を流し終えたコーネリアは、両手で浴槽の縁を持つと、滑るようにして湯に入ってきた。

「際限なく大きくなっちゃって……ヨツバが熊ぐらいになったらどうしよう……隠し通すの、さすがに無理じゃない……？」

すでにバスケットボール二個分はありそうなヨツバを撫でようと、トゥトゥが手を伸ばす。

「めううっ！」

しかしその手を、肉球パンチが叩き落とした。

「無理でも飼えって」

「えっ⁉　そんな無茶な⁉　っていうか、ネリーもヨツバの言ってることわかるの⁉」

「冗談よ」

肩をすくめる美女に、トゥトゥは思わず笑った。

コーネリアとこんな風にはしゃぎあえる日が来るなんて、初めてここで出会った日には想像もつかなかった。

そしてそれは、ヨツバにも言えた。

「ヨツバ、ネリーは上がるのに時間がかかるから、先に上がろうか」

コーネリアが地上に上がってくるためには、尾を洗い場で乾かさなければならない。

トゥトゥの呼びかけに、ヨツバは「ぷすん」と鼻を鳴らした。

最初は花粉症かと思っていたが、これはきっと「しょうがないから、いいよ」ってことだろう。

ヨツバはトゥトゥが初めて迎えた客だ。言葉もわからず、意思の疎通がずっと難しかったヨツバ。シュティ・メイがヨツバの言葉を拾い上げてくれるようになり、考え方が少しずつわかるようになってきた。

「じゃあ、お先に」

トゥトゥは、ヨツバを抱えて脱衣所に向かった。

毛についた水気を飛ばすと、ヨツバは先に脱衣所を出る。トゥトゥも手早く水気を拭き取り、ターバンのように髪に布を巻き付け、共用の化粧水を肌に染み込ませる。薔薇のいい香りがふわりと漂った。

「ネリー、先に戻ってるねー」

外はひんやりとしていた。温まっていた頬が風に触れる。

紺色が薄く溶けた空に、オレンジ色に照らされた雲がかかっている。もうすぐ陽が沈むだろう。

「ヨツバ、湯冷めしないうちに戻ろっか」

「めうっ」

湯上がりのヨツバは、いつも機嫌がいい。

庭から室内に戻るのに一番近い炊事場の勝手口を入ると、先ほどまで火が入っていたかまどの近くに、まだほんのりと温かい空気が残っていた。

トウトゥはヨツバが入るのを確認すると、勝手口を閉める。急に大きくなったヨツバのために、下宿屋を大幅に改装しなければならない可能性も出てきた。

トウトゥはどれくらいの費用になりそうか、頭の中でそろばんをはじく。

玄関ホールに出たところで、急に誰かが飛び出してきてぶつかった。

「あっごめ――」

ユオかシュティ・メイだと思っていたトウトゥは声を詰まらせる。ぶつかった相手も、慌ただしい挙動で振り返った。

「――っすみません！　また、お邪魔にっ……！」

それは数ヶ月前、下宿屋に一夜だけ身を寄せた少女だった。トウトゥが渡していた鍵でまたここにやってきたのだろう。

少女の声はかすれていた。被っていたであろうフードは脱げ、マントはまるで茨の中を走ってきたかのようにボロボロ。金の稲穂のように美しかった髪は、泥と――血に濡れていた。

「すぐにまた出てゆきます、ほんのしばしの間だけ――っ！」

少女は悲鳴のように懇願した。

必死の形相に、今まさに彼女が、「追われている」最中なのだと知る。

「いいから、こっち！」

トゥトゥは少女の手を取ると、風呂場に向かって駆け戻った。ヨツバは少女を覚えていたのか、吠えもせずに後をついてくる。

陽が山に呑み込まれ、辺りはすっかり暗くなっている。軒の下を走り終えると、トゥトゥは風呂場の扉を強くノックした。

「ネリー！　入ってもいい!?」

「まっ――お待ちくださいっ！」

トゥトゥの声に制止をかけたのは少女だった。この場所を覚えていたのだろう。先客がいると知り、少女は慌てて制止する。

「大きな声出してどうし……きゃっ!?」

コーネリアは、後ろにいる人物に驚き、その格好にさらに驚いた。

「……ち、血まみれの、人間!?」

パジャマに着替え、足を生やしていたコーネリアは目を真ん丸にしている。しかし、悠長に紹介している時間は無かった。

「ごめん、後で説明するから！」

脱衣所に引っ張り込んだ少女の外套を脱がそうと、トゥトゥが服に手をかける。少女は大慌てで、トゥトゥの手から逃げ出そうとする。

「お待ちください、お待ちくださいこれは――！」

少女はなぜか頑なにトゥトゥから逃げようとし、俯いたまま顔を上げない。

「大丈夫？　走らせたから具合悪くなっちゃった？　リビングに戻って休む？」

コクコク、と少女は高速で首を縦に振った。

様子を見ていたコーネリアが、不思議そうに首を傾げる。

「具合、悪そうには見えないけど」

「とりあえず、リビングに戻ろう。お風呂は後でもいいから」

「めううっ！」

自分も手伝う！　とばかりに吠えたヨツバに頷くと、トゥトゥは少女の顔を覗き込んだ。

「気分悪いなら、おぶって行こうか？」

背中を差し出すトゥトゥに少女は目を剥くと、顔面を蒼白にして小さく首を横に振った。

「――お、お心遣いだけ、ありがたく頂戴いたします……」

か細い声にさらに不安になったトゥトゥだったが、少女の意思を尊重して頷いた。

手当てのための水を汲んでくる、と申し出たコーネリアたちと別れ、トゥトゥは少女と二人リビングへ向かうために再び炊事場へ入った。

「礼もできぬうちにまた助けていただき……本当に申し訳ございません……」

「いいっていいって。言ったでしょ、うちの信条」

人助けよ、とトゥトゥは、恐縮しきりの少女ににっこりと笑う。少女は幾分か、ほっとしたようだった。

「――か！　――らに――か！」

炊事場に入ると、先ほど少女とぶつかった玄関ホールから、何やら騒々しい声が聞こえてくる。トゥトゥは小走りになって向かう。

「何？　なんかあったの？」

残る下宿人は、ユオとシュティ・メイだけだ。彼ららしくない叫び声に、トゥトゥは驚きつつも扉を開けてホールに顔を出した。

そして、驚きに目を見開く。

「――女、ここはどこだ！」

そこにいたのはユオでもシュティ・メイでもなく、見知らぬ男だった。

「どこへやった！」

男がトゥトゥに詰め寄った。その気迫に思わず体を強張らせる。

しかも男は、少女と同じくボロボロのマントを身に付け、全身を血に染めている。長身の男は腰に剣を下げており、その手は柄(つか)にかかっている。殺気をまき散らし、今にも抜刀しそうだ。

「隠し立てするようならば、容赦はせんぞ！」

尋常ではない形相(ぎょうそう)で、獲物を探すかのように、男は辺りを見回している。

――隠さなきゃ！

少女を追ってきたのだろう。きっとこの男から逃げていたに違いないと、トウトゥは咄嗟(とっさ)に判断した。

異世界に繋(つな)がる客室の扉は、閉めるまでずっと繋(つな)がり続けている。少女は慌てるあまり、戸を閉め忘れたのかもしれない。そしてこの男は、その扉から彼女を追ってきた――

トウトゥは炊事場の扉から玄関ホールへと滑り出ると、少女を隠すように後ろ手に扉を閉めた。背中を扉につけ、守るように両手を広げた。

「……何を隠した」

男はトウトゥの行動を目ざとく見つけ、鋭い目をさらに細める。

顎(あご)を引き、負けるものかとトウトゥは男を見つめる。

「ふむ、一つの扉から二人とは――奇矯(ききょう)なこともあることよ」

トウトゥの頭上から、悠長な声が聞こえた。縋(すが)るように見上げれば、螺旋(らせん)階段の柵に手をかけたユオが、飄々(ひょうひょう)とした顔つきでこちらを見下ろしている。

「ちょっとユオ！　呑気(のんき)にそんなこと言ってる場合じゃないでしょ！」

ユオはいつもと変わらぬ様子で「ははは」と笑っている。

「私たち、今ピンチなのよ、ピンチ!! そんな悠長な顔してないで、早く下りてきてよ！」

「ほう、ぴんち？」

「絶体絶命、ってこと！」

しかし、ユオが来たからといって、場が劇的に好転するわけでもない。

一応吸血鬼らしいユオだが……何ができるのかさっぱり不明だ。ここに住んで半年以上経つものの、ユオが手荒いことをしている姿を見たことはない。

というのに、ユオはトゥトゥの焦りなどどこ吹く風だった。

「ははは、案ずるな」

まるで映画の主人公のように、一歩ずつ、ゆっくりとユオは階段を下りてくる。

「おぬしの首が飛ぶ前に、これの首をはねることなど造作もない」

凄(すご)むこともなく、いつもの表情で言ってのけたユオ。その声はあまりにも軽すぎて、説得力のかけらもなかった。

だがユオの言葉は、その男をひどく刺激したに違いない。挑発されたと思った男は剣の柄(つか)を握り、近くまでやってきたユオに対して、カチリと刃を鳴らした。

「ほう、やってみるか？」

「ひー！ もうほら！ 首とか物騒なこと言うから怒っちゃったじゃん！」

悲鳴を上げたトゥトゥは、背後の扉にぴったりと背をつけた。

「その声は、タルジュか！」

トゥトゥが守っていた扉を、少女が開けた。乱れていたマントを胸元で寄せ集めながら、扉の奥から飛び出してくる。

「あっ！」

怪我してるのに走っちゃ――と続けようとしたトゥトゥの言葉を、男の怒号が遮った。

「無体を受けたのですか!!」

男は目にも留まらぬ速さで、剣を抜いた。鉛のような鈍い銀色は、燭台の灯りを受けてギラリと光る。騎士の持つような立派な剣ではなく、ゴロツキが持つような粗末さが、逆に人を殺すためのものだと暗示してるようだった。

「ちょっとあんた――！」

少女と同じく炊事場で立往生していたらしいコーネリアが、男が剣を抜くのを見て怒りの声を上げた。ヨツバも足を踏ん張り、「めうっ！」と大きな声で鳴く。

立ち込める殺気に、瞬く間に場が騒然となる。

「静まれ！」

それを圧倒的な力で抑えつけたのは、天を裂くような鋭い一声だった。

驚いたトゥトゥは、反射的に背筋をピンッと伸ばしてしまった。

「――タルジュ。剣を収めよ。……よくぞあの場を切り抜け、我がもとに戻った。再び見えたこと、嬉しく思う」

声は少女から聞こえた。今まで聞いていたような、か細くたおやかな声ではない。堂々としたハリのある——まるで別人のようなそれは、明らかに人に命じ慣れた声だった。

トゥトゥもコーネリアも、どうしていいかわからずに顔を見合わせた。ヨツバは未だ臨戦態勢。四股に分かれた尻尾が、毛を逆立て上を向いている。ユオだけが、呑気に顎を擦っていた。

タルジュと呼ばれた見知らぬ男は、少女の労いに胸を詰まらせたように息を呑む。


男は少女の命に従い、流れるように剣を鞘へ戻すと、膝をついて首を垂れた。

「……殿下も、ご無事なようで……。本当に、ようございました」

タルジュの声は、先ほどとは別人のような穏やかさだった。震えた語尾から彼の安堵が伝わる。

トゥトゥは緊張していた体の力を抜いた。

「……えーっと。お知り合い？」

体の力と一緒に、気まで抜けてしまったのか、間抜けな声になる。

トゥトゥの地元の鉱山の男たちは、酔っぱらうとよく店の中で暴れた。小さな頃から彼らのそんな姿を見ていたため、多少手荒いことには慣れていたが、さすがに剣を向けられたことなんて初めてだった。

「はい、ご安心ください。恐ろしい思いをさせてしまい、申し訳ございません」

少女が振り返り、深々と謝罪した。

「いやいや、いいのよ。あなたが逃げてる人が追いかけてきたのかと思って、こっちも失礼な態度取っちゃったし……」

「滅相もございません」

先ほどまでの命令に慣れた声とは違い、トゥトゥに向ける声は優しい声色のままだ。

トゥトゥは「えーっと」と頬を掻いた。

「……とりあえず、手当てしない？」

トゥトゥを見ていた少女は、タルジュを振り返った。すでに立ち上がっていたタルジュと目が合う。彼は何かを伝えるように、少女に小さく頷いた。

それを受け、少女は再びトゥトゥに向き直る。

「二人とも返り血です、心優しいお方、ありがとうございます。どうぞ、ご心配なく」

心優しいお方。

あまりにも言われ慣れていない呼称に、トゥトゥはびっくりした。

「心優しいお方って、私……？」

「ははは、これは〝心優しく〟あらねばなあ。心優しき大家よ」

トゥトゥの戸惑いに、ユオは大口を開けて笑っている。トゥトゥは無言で近づき、ユオの脛をゲシッと蹴った。

その光景に目を瞬かせていた少女を、トゥトゥは振り返った。

「返り血って……そんな、ウサギ捌いてきたわけじゃないんだから……」

呆れた顔をしつつも、トゥトゥはタルジュの剣へ、視線を動かしていた。

先ほど見た彼の剣は、腰を飾るためでも、権威の象徴でもない、実用的なものだった。

それを使い、まるで「ウサギを捌くように」人間を捌いてきた可能性も、無きにしもあらずだと気付く。

「――先ほどから、そなたの不遜な態度は目に余る。この方をどなたと心得ている」

ん？　ここは、水戸の御老公漫遊記の世界だったかな？

トウトウは呆気にとられて、タルジュを見上げる。

タルジュは神妙な顔で言った。

「アズムバハル国、第一王子にして次期王位継承者、イリクサール殿下であらせられるぞ！」

「タルジュ！」

誇り高く主の名を口にしたタルジュを、少女は叱責した。

トウトウはタルジュと少女――イリクサールを見比べ、気の抜けた返事をする。

「……はぁ」

第一王子だ……って言われても。

うちには吸血鬼もいるし、人魚もいるし、有翼人もいるし……なんだったらちょっと見たこともない獣だっている。今さら、人間の王族ぐらいで驚いたり――

「って、王子!?」

目玉が落ちそうなほど大きく目を見開くと、トウトウはイリクサールに駆け寄った。

トウトウの形相に驚いていたイリクサールは、あっけなくトウトウにマントをはぎ取られる。その勢いで、トゥトゥはイリクサールの上半身に触れた。

　胸がない。

　恥ずかしそうに頬を赤らめ俯いている美少女が、王女ではなく、王子だなんて——

「——いや、そんなはずがない」

　トゥトゥは納得できずに、下半身を見た。トゥトゥの視線に気づいた彼が、その視線から逃れるために真っ赤な顔で体を捩る。

「貴様、失敬にもほどがあるぞ！」

　怒りながら、タルジュが庇うように身を滑り込ませる。

「トゥトゥ、勘弁してあげなさいよ」

　見かねたコーネリアが口を出した。

「だだだだだってこんな、ビスクドールみたいで……こんな、可愛いらしい娘さんなんだよ⁉
男って、男って！」

「股の間に一本余分に足が生えてるくらい、いいじゃない」

　人魚の価値観のすごさに、つっこむ余裕もない。

「……絶望だ……。絶望した……」

　初めて出会う、儚げで素直な美少女のお客さんだと思ってたのに。

　めそめそするトゥトゥに、コーネリアが怒る。

「私は美少女じゃないわけ⁉」

「儚げで、素直、って言ってんじゃん！」

勢いで、トゥトゥは本音が出てしまった。

「何よ！　トゥトゥのスケコマシ！」

「そんな言葉よく知ってたね⁉」

純粋に驚いたトゥトゥが声を上げるのを、ユオが笑って見つめている。

女二人の姦しい言い争いに、呆気にとられていたタルジュも正気に戻ったらしい。

「貴様らっ……！　殿下の御前でなんたる痴態を！」

剣に手をかけるタルジュは、見てくれはまるでゴロツキだが、その言動は王子を守る騎士のように見えた。

「……ん？　王子様……？　イリクサール……？」

トゥトゥは最近その名を聞いたことがある気がした。

確かあれは、荘厳なオルガンが鳴り響く大聖堂で――

『イリクサール殿下は、王の唯一の男児。聡明で人望もあり、国の未来を背負って立つお方だったのですが――先日不慮の事故にあわれ……それから行方が知れないのです』

シュティ・メイのために祈りを捧げてくれた牧師が言っていたのではないか？

「イリクサール殿下……⁉　――死んだかもしれないっていう、うちの国の王太子様⁉」

トゥトゥはハッとして咄嗟に両手で口を塞いだものの、吐き出してしまった言葉はもう戻らない。

タルジュの浮き出た血管が見えそうだった。柄にかけていた手に力を込めている。

「タルジュ。こちらのお方は我が命の恩人。控えよ」

イリクサールの凛とした声が、怒りに震えるタルジュを鎮めた。

「奇怪な事態に狼狽し、常の冷静さを欠くそなたの心境、尤もである」

イリクサールが真摯な表情で、献身的な自分の騎士を見上げている。

先ほどまで顔を真っ赤にしていたとは、到底思えない貫禄だった。

「だが、わかってくれないか――」

イリクサールはトゥトゥに体を向けた。トゥトゥとそう視線の高さが変わらない。じんわりと熱を帯びた瞳を向けられ、トゥトゥは顔を引き締める。

「身の上も明かさぬ不審な私に、温かい湯と食事と、床を分け与えてくださった。何も聞かず、何も求めず……」

彼は、きっとここがどこかもわかっていないだろう。手放しで安全な場所だとは決して思っていないはずだ。

にもかかわらず、あの鍵を使ったのだ。きっと、藁にもすがる思いで。

「彼女はすでに、私の命の恩人であり――そなたの命の恩人でもあるのだ」

タルジュは胸に手を置く。俯いた顔は深く眉根を寄せている。

そんなタルジュの様子を見たイリクサールが、再びトゥトゥに振り返る。

「このものの無礼は、主人である私の責任。お許しいただけるでしょうか？」

「えっ」

頬をかきながら、トゥトゥは苦笑を浮かべた。

「私もちょっと失言が過ぎたというか、王子様相手じゃなくても失礼な言葉だったし……ごめんなさい」

イリクサールが行方不明になったとトゥトゥが聞いたのは、いつだっただろうか。

夏の盛りだったような気もする。彼らはどれほどの間、逃亡生活を続けていたのか。

「その人でしょ？　前あなたがここに来た時に『待ってる人がいる』って言ってたの」

イリクサールは一つ瞬きをすると、小さく頷いた。その隣で、タルジュが体を硬くする。

タルジュはきっと、たった一人でイリクサールを守ってきたのだろう。疑心暗鬼になったって、仕方ない。

「サンドウィッチなんて、食べ慣れないもの渡しちゃったなって……元気で、いるといいなって思ってたの——だから……こうして、お二人に会えて嬉しいよ。まぁちょっとそっちの彼は元気すぎるけど」

照れたように笑ってトゥトゥは言った。そんなトゥトゥを、二人は真剣な表情で見つめている。

イリクサールたちの反応から、場違いな言葉だっただろうかと不安になり始めたトゥトゥの足元に、突然タルジュが跪いた。

「——これまでの非礼を、心より詫びさせていただきたい」

不明を恥じる武士のような潔さで、タルジュは頭を下げた。突然向けられた真っ直ぐな熱量に、トゥトゥがたじろぐ。

「殿下を、そして我が身を救っていただき、本当に感謝いたします」

片膝を床につき、首を垂れた男は、薄汚れ、血まみれにもかかわらず、本物の騎士に見えた。

絵本の中のような光景に、トゥトゥは呆気にとられる。騎士に跪かれた経験など、当たり前だがない。

「えーっと……」

助けを求めるようにユオを見ても、にやにやと意地の悪い笑みを浮かべるばかり。コーネリアは先ほどのことで拗ねてそっぽを向いているし、ヨツバは少々飽きてきている。炊事場の方へ行って、天井から吊るしている椎茸を捕まえようと、尻尾を揺らしてジャンプしていた。

トゥトゥはタルジュに視線を戻す。彼は未だ俯いたままだった。トゥトゥが何か言わなければ、この状況は終わらないのだろう。

「と、とりあえず立ってください、お願いします。謝罪はもう十分受け取りましたから」

タルジュの肩を持ち、服を引っ張る。

「……不安でしたよね……こっちこそ、色々騒いじゃってすみません。ちゃんと説明しますから」

それからトゥトゥは、できる限りの説明をした。客室の扉が異世界に繋がっていること。ここにいる下宿人たちは皆、異世界からやってきたこと。一度下宿屋に繋がりさえすれば、二度目からは鍵を差し込めば、どんな扉からでもここに来られること。

「異なる世界にも繋がる扉……など、にわかには信じられん……」

想像を絶する事態に、タルジュが深い吐息をついた。イリクサールも神妙な顔つきでトゥトゥの説明を聞いている。

「最後に、初めてここに辿り着くための条件だけど……」

今回はなぜか、同じ世界から繋がってしまったが——きっと条件は同じだろう。

「〝ここではないどこかへ行きたい〟って、願うことなの……」

二人は顔を見合わせた。

——ここではないどこかへ行きたい。

それは、追手に追われる度に二人が思っていたことだった。

突然、イリクサールは膝をついた。呼応するように、タルジュも跪く。それを見たトゥトゥは、半歩後ずさる。

今度は何!?

心の中で悲鳴を上げているトゥトゥに、二人は今までで一番深く頭を下げた。

「先の礼も返せぬうちに、恥知らずなお願いだとは重々承知しております。——ですが、どうか。どうか力及ばぬ我らに、お力をお貸しいただけないでしょうか」

イリクサールの声は、羞恥と深い慚愧に震えていた。その深刻さに、トゥトゥは慌てて、床にしゃがみ込む。

「待って、ねえ、それやめて！」

助けてあげたい気持ちは、もちろんトゥトゥにもある。

だが、いくら不思議な下宿屋とはいえ、トゥトゥはただの新米大家だ。彼女自身が何かすごい魔法を使えるわけではない。

「深くお頼み申す！」

頭を下げたままのタルジュが、イリクサールに続く。

トゥトゥは言葉を呑み込んで、後ろにいる皆を見渡す。自分の世界のことではないからか、トゥトゥよりも青い顔をしているものはいなかった。

トゥトゥは観念してつぶやく。

「じゃあ……お話だけ……」

ホッとして顔を見合わせる二人を前に、トゥトゥはため息をついた。

ことの発端は、イリクサールの父である現国王が、病に臥(ふ)したことだった。

王は自分の健康に並々ならぬ自信を持っていたらしい。それがなんと、生まれて初めて風邪を引き、すっかり気弱になってしまったという。

『わしの全てを、息子であるイリクサールへ譲ろう』

気弱になってしまった王に、家臣たちは慌てた。そして、イリクサールも。

彼はまだ十六歳になったばかり。国の全てを担(にな)うには、まだ知識も経験も浅い。

しかし、時は待ってくれなかった。未だ学業に身を置いていたイリクサールとは違い、経験豊かな要職に就(つ)いていた王弟は好機を逃さなかった。

王の快復を祈願する狩りで――イリクサールは叔父である王弟にはめられた。

崖から馬もろとも突き落とされたイリクサールは、傷を負いながらもなんとか逃げた。長い髪を解き、スカートを着こみ、女のふりをしてまで。

逃げて、逃げて、生き延びたというのに――ようやく従者と連絡がついた頃には、イリクサールは事故で行方不明ということになっていた。

たとえ自ら「王子だ」と名乗り出たところで、公になる前に人知れず消されるだろう。

「全ては、私の不始末です――」

きつく目を瞑ってそう締めくくったイリクサールに、神妙な顔つきで聞いていたトゥトゥは、生唾を呑み込んだ。

昼ドラかよ……と。

もちろんそんな空気ブレイクなことは言えなかった。しかし心の中では、話を聞く間、十回くらいつぶやいていた。

〝石のかまど〟で料理人見習い兼雑用係をしていた頃――トゥトゥにとって、お上の問題など、どうでもいい話題だった。

天上に住まう人が、年寄りだろうが、若いイケメンだろうが、国が回っているのならそれでよかった。そこでどんなドンパチが起きたとしても、戦争にでもならない限り、トゥトゥたちにとっては変わらない日常の延長だ。

だから、まさか王の後継問題を目の前で聞かされるなんて、トゥトゥは戸惑いを隠せなかった。

「……勝てる可能性はあるの？」

掠れたトゥトゥの声に、イリクサールは自嘲気味に笑う。

「誰もが叔父の仕業と察しつつも、静観しております……どちらにつくのが得策かわかるまで」

トゥトゥは目を見開いてタルジュを見た。ということは、彼は損得勘定抜きにイリクサールを助けに駆けつけたのだろう。

「いい男じゃん」

思わずつぶやいたトゥトゥに、タルジュが訝しげに眉をひそめる。

今まで黙って話を聞いていたコーネリアが、ぽつりと言った。

「……助けてあげたら？」

トゥトゥを含めた全員が、コーネリアを凝視する。

「な、何よ……」

居心地悪そうにコーネリアが身を捩る。トゥトゥの足元にいたヨツバを抱き上げ、コーネリアは自分の盾にするかのように、顔の前に持ってきた。

「め、めうう……」

期待に応えるため、コーネリアの小さな騎士は鳴く。その声の頼りなさに、トゥトゥは自らを投影した。

「……そりゃあ、助けてあげたいけど……」

トゥトゥはお上の揉めごとに自分ができることなどあるのかと疑問だった。

何よりトゥトゥは下宿屋を預かる身だ。今ここで、簡単に快諾なんてできるはずもない。

「……ご清聴、ありがとうございました。ご厚意に甘え、湯をお借りしてもいいでしょうか？」

イリクサールはこの話をそれ以上するつもりはないようだった。

彼の気遣いに、トゥトゥは唇を噛んで頷いた。


王子と騎士は共に風呂に向かった。使い方は以前イリクサールに教えていたので大丈夫だろう。

その間にトゥトゥは、二人分の食事を追加した六人プラス一匹分の夕飯の用意だ。

炊事場に立ち、せわしなく動き回る。あんな話を聞いた後に、すぐ元気なんか出るはずもないが、慣れていることをしていれば、気は紛れる。

湯を沸かしていると、先ほどどれだけ騒いでいても二階から下りてこなかったシュティ・メイが炊事場にやってきた。夜は冷えるためか、暖かそうな服の中に背中の羽を仕舞い込んでいる。

「寝てたかな？　うるさくしててごめんね。もうすぐ夕飯できるから」

リズミカルな音をたて、高速でネギを刻む。人数も多いし、急いでいるので鍋に決定だ。昆布や小魚で出汁を取った鍋で、根野菜がくつくつと煮込まれている。

味見と称しておこぼれを狙うユオやヨツバと違い、シュティ・メイは炊事場に長く留まることはない。今回もすぐに立ち去るだろうと思っていたが、彼はその場から動かずに、トゥトゥに拳を突き出した。

「これ」

端的な言葉と、端的な動作。

包丁を置いたトゥトゥが両手を差し出すと、シュティ・メイはコロンとトゥトゥの手のひらに何かを置いた。

それは、古びた部屋の鍵。

トゥトゥは青ざめて、彼と鍵を交互に見る。

「……えっ、うち、出ていっちゃうんですか⁉」

トゥトゥは、思わず悲鳴を上げる。

「さっきの二人」

「うん……え？」

さっきの二人というのは、王子様と騎士様のことだろう。先ほど下りてこなかったシュティ・メイが、なぜ二人のことを知っているのか。

トゥトゥの疑問を感じ取ったのか、シュティ・メイは鍵を指差した。

「鍵、差したままだったから」

なるほど。これは、シュティ・メイの部屋の鍵ではなく、イリクサールに渡していた鍵だったようだ。トゥトゥはほっとして相好を崩した。

「持ってきてくれたの？　ありがとう」

イリクサールがこの下宿屋へ繋げた扉から、タルジュも入ってきた。

急いでいたため、扉の鍵穴に差さったままだったようだ。

誰かに盗まれる前でよかった。安心した瞬間――トゥトゥは顔を青くした。

「……他に誰かここに……二人の追手が来たかもしれない……⁉」

その可能性に思い至ったトゥトゥは焦るが、シュティ・メイはふるふると首を振った。

「見て回った。いない」

シュティ・メイの事実だけを切り取った言葉に、安堵(あんど)して力が抜けた。

彼はホールでの騒ぎを聞きつけ、今まで敷地内を見回っていたのだろう。

「ああ……、シュティ・メイ……ありがとう……」

鍵を持ったまま、ペシャンと炊事場の床にしゃがみ込んだ。先ほどイリクサールの事情を聞いてから、無意識にずっと気が張っていたのかもしれない。

剣を携(たずさ)えた怒(いか)れる男一人でさえ怖かったのだ。複数の、それも今度こそイリクサールの命を狙う本物の悪党が踏み入ってくるなんて、本当に勘弁願いたい。

「……シュティ・メイ、悪いけどお風呂の様子見てきてくれない？　もうすぐご飯できるから」

こくんと頷いたシュティ・メイは、もう日の沈んだ庭へ向かった。


「おかえり、ゆっくり浸(つ)かれた？」

「ありがとうございます。とてもよい湯でした」

風呂上がりの二人が庭から炊事場へ入ってきた。

パサつき、血と泥がこびりついていたイリクサールの髪は、トゥトゥ特製のシャンプーで艶(つや)を取り戻していた。櫛を必要としなさそうなほど、すとんと落ちたストレートのブロンド。後ろでひとくくりにしているのは、女に扮する必要がないからかもしれない。髪を結んだだけで儚げな印象が薄れ、知性的な少年のように思えるのだから不思議だ。

「風呂など久しぶりだった。感謝する」

二人に貸した服は下宿屋にあった簡素なシャツとズボンだが、それでも二人とも高貴さは隠せない。トウトウは目を細めてタルジュを見た。

「……あの扉、やっぱり美形限定か」

髭を剃り、髪を整え、血と泥を落としたタルジュは、トウトウを真顔にさせるほどの美丈夫だった。所作も流れるように美しい。王子の従者などしているのだ。貴族に違いない。

おかしな偶然が重なり出会ったが、イリクサールやタルジュは、本来なら拝謁すらできない存在だ。

吸血鬼や人魚などのほうがよほど出会いそうにないのだが……感覚が麻痺しているのだろう。同じ世界に生きる彼らのほうが、余程異質なものに思えた。

「そういえば、名乗るのが遅れましたが私、この下宿屋の大家でトウトウと申します」

イリクサールには言っていたかもしれないが、トウトウは改めて自己紹介をした。

「今夜はここに泊まるでしょ？　一応他の人たちも紹介するね」

リビングへと案内すると、すでに食べ始めている下宿人たちを紹介する。

女の子がコーネリア、可愛い獣がヨッツバ、白い美形がシュティ・メイ、飄々としてるのがユオ。

おおざっぱな説明に二人が頷くのを確認すると、トゥトゥは言った。

「さ、今夜はお鍋だよ。無くなっちゃう前に早く食べよう」

風呂に入っていたため、食事の開始に遅れた二人が席についた。

そして次の瞬間、トゥトゥは下宿人たちを叱りつけることになる。


「王子様に出すにはちょっとばかり貧相かもしれないけど……はい」

トゥトゥはそう言って、イリクサールとタルジュに大きな木の椀を差し出した。

椀の中には、濁（にご）った汁と白く平たい麺が漂っていた。

「……とんでもございません」

と言いつつ、イリクサールは困惑気味に椀を見つめている。

これにはしょうがない訳があった。

ダイニングテーブルの上に置いていた鍋は、すでに席に座っていた下宿人たちによって、きれいに食べられていたのだ。あればあるだけ食うのがここの下宿人たちである。トゥトゥは思わず、

「こら〜〜!!」と叫んでしまった。

しかし、汁さえ残っていればまだどうにかなる。トゥトゥは薄く切った白菜やニンジンを鍋で煮て、その間にうどんを打った。ビシバシ打った。「料理上手なトゥトゥなら、どうにかできるよね?」という、下宿人たちのトゥトゥへの比類なき信頼がこの時間を生み出したに違いない。トゥトゥは下宿人たちの挑戦に屈するわけにはいかなかった。

そしてできたのが、鍋焼きうどん。イリクサールの眉毛を八の字に、タルジュの頬を引き攣(つ)らせている原因である。

「早く食べないと、狙われてますよ」

ちゅるん、とトゥトゥがうどんを吸い込む。トゥトゥの言葉通り、ダイニングテーブルの下には、お利口さんに座ってますアピールをしているヨツバが、四つの尻尾をリズミカルにパタンパタンと床に打ち付けている。

イリクサールとタルジュは慌ててフォークを手に取る。

しかし、手が伸びない。

「……汁に浸(つ)かったパスタなど、見たことがありません。それに随分と太いし白い。……殿下、疑うわけではありませんが……」

渋い顔で椀の中を睨(にら)みつけていたタルジュが思い切ってイリクサールに進言するが、彼は首を横に振った。

「……信頼しよう。先だっていただいたパンに具を挟んだもの――サンロウイチと言ったかな。あれも、美味(びみ)だったであろう？」

ひそひそと話しているが、丸聞こえである。トゥトゥはずずず、とうどんを啜(すす)った。

二人が躊躇(ちゅうちょ)しているのは、見慣れないうどんの姿だけではない。ずるずると音を立てて食べるトゥトゥの姿にも原因があることはわかっていた。彼らにとっては褒められた食べ方ではないかもしれないが、元日本人のトゥトゥとしては、うどんの食べ方は譲れない。

「ご馳走になります」

「ご相伴にあずかります」

イリクサールとタルジュは、それぞれ覚悟を決めたように言った。

フォークでパスタのようにくるくると巻こうとするが、麺が太すぎて上手くいかないようだった。

「あ、食べにくくってごめんね。子どもみたいで申し訳ないけど……スプーン使う？」

「いえ、結構です」

立ち上がりかけたトゥトゥをイリクサールが慌てて止めた。そして彼らは、トゥトゥにならって麺をフォークで掬った。口に麺を入れると、音を立てないよう、フォークを器用に使う。

はふはふ、と息を吹きかけながら、二人は夢中でうどんを食べた。

トゥトゥは一足先にうどんを食べ終えた。ヨツバは悔しそうに肉球パンチを見舞ってくる。しかし、先ほどトゥトゥたちの分まで鍋を食べていることは、ぽってりと出た白いお腹が証明している。

「……ふぅ」

イリクサールはトゥトゥに倣って椀を持ちあげ、汁の最後の一滴まで呑み干した。上気した頬と、その表情から、彼が満足してくれたのだとわかる。トゥトゥは思わず顔をほころばせた。

「心から美味しかった。ありがとうございました」

イリクサールに続き、タルジュも汁を呑み干す。

「見た目はともかく、美味かった」

「あなた、口は悪いけどいい声ね。お粗末様」

タルジュの、イリクサール以外への口の悪さはどうやら地らしい。

しかし、少しくらい口の悪い男の方が、トゥトゥは相手がしやすかった。

「……ふふふ」

トゥトゥとタルジュの掛け合いに、ポカンとしていたイリクサールがふいに笑った。口元に手をやり、まるで天使のように笑う。

「……タルジュにきついことを言われて生き生きとしている女性を、初めて見ました」

イリクサールやタルジュの周りにいる女性は、きっととてもお上品に違いない。同じ女性だとしても、きっとトゥトゥとは全く違う人生を送っているだろう。

「気が強い、おてんばだって言われて育ってきましたから。さて、私はちょっと食器を片付けてきますので、あちらにでも座って休んでてくださいね」

奥のソファを指差すと、ソファの背もたれに肘をついてトゥトゥたちを眺めていたコーネリアが、さっと頭を隠す。

トゥトゥは手早く重ねた椀をトレイにのせ、テーブルの上を拭く。炊事場へと食器を下げようとした時、ガタン、と大きな音がした。

何ごとかと振り返ったトゥトゥは、ダイニングテーブルの下を見て、慌ててトレイを置いた。今まで平気な顔をしていたタルジュが、椅子ごと倒れ、床に伏していたからである。

「タルジュ――!?」

「タルジュさん!?」

イリクサールと共に駆け寄る。イリクサールは蒼白になりながらも、冷静に倒れ込んだタルジュの腕を取って脈を測り、鼻に手を添える。

そしてほっとしたように息を漏らした。

「……眠っているようです」

「ええ？　寝てる？」

トウトゥが驚いてタルジュを見つめると、イリクサールがぎゅっと眉根を寄せた。

「……私が崖から落ちてから、ずっと――このものは寝る間もなく探し続けてくれたのです。共に逃げ始めてからは、獣の出る森を夜通し歩いたり、茂みに隠れて眠りについたり……。時には民家の厩を借りることもありました。その間も、彼は決して警戒を怠らず、微かな気配でも起きられるように――」

タルジュの両手を握りしめるイリクサールの手は、まだあどけない少年の手だ。大人の助けがなくば、生き残ることは厳しかっただろう。

きっと主である王子を、それこそ自分の身を盾にして守ってきたに違いない。

誰もが情勢がどちらに傾くか傍観する中、王子のためにと、たった一人で……

トウトゥはタルジュの顔を見た。彼の精悍な顔には、くまが染みついている。

胸が痛んだ。二人を見ていると、なんとかしてあげたいという思いが強くなる。しかし、トウトゥは所詮しがない大家でしかない。せいぜい、追手に見つからないように宿を提供し、彼らの体力が回復するよう、栄養のあるご飯を作ってあげるくらいしかできないだろう。

「久しぶりの安息に、心から安堵したのでしょう……ありがとうございます」

下臣の代わりに礼を言うイリクサールに、トゥトゥは不器用な笑みを返した。

＊　＊　＊

――パチ……チ、パチ……

薪のはぜる音がするリビングのソファで、トゥトゥは毛布にくるまり横になっていた。

くの字になっているトゥトゥの胸の辺りでは、ヨツバが「ぷすぅぷすう」と寝息を立てている。

そして、斜め向かいのソファにはタルジュが眠り続けていた。

トゥトゥは寝返りを打とうとしたが、すぐにヨツバが傍らにいたことを、意識の片隅で思い出す。

その気配で、タルジュが目を覚ました。

ガバリと音がするほど機敏に起き上がると、足元に置いてある剣を手に取り、目にも留まらぬ速さでそれを抜いた。

暖炉の火に照らされ、銀色の刀身が光っている。

「……起きたの？」

タルジュは動揺を鎮めようとしているのか、深い呼吸を繰り返している。吐き出された息は、僅かに震えていた。

「……大丈夫だよ。剣、ちゃんとそこに置いてたでしょ？　王子様はベッドがいいだろうと思って、上の部屋で休んでもらってる」

欠伸を噛み殺して、トゥトゥは上半身を起こす。

「覚えてる？　昨日、夕飯食べたら倒れちゃったんだよ」

「……ああ」

タルジュは剣を鞘に戻した。暖炉の炎に照らされた彼の顔半分が、歪んでいる。

「……王子様が、これ以上迷惑かけられないから、明日の朝出ていくって」

タルジュの顔を見続けることができず、トゥトゥは毛布ごと膝を抱える。

「妥当だろう」

「なんで？　せっかく命拾いしたのに。しばらくここにいたらいいじゃん。そりゃ、ずっとって訳にはいかないだろうけど……けど、もう少し、落ち着くまで」

膝を抱く力が増す。

「逃げる道を選べば、この先永遠に逃げ続けなければならなくなる」

ハッとして、トゥトゥはタルジュを見た。暖炉の火に照らされたタルジュの表情はよく見えないが、激しい炎とは対照的に静かな声で話し出す。

「殿下が姿を消してから――もう半年が過ぎた。世間では、すでに過去のことにされようとしているだろう」

トゥトゥはドキッとした。今日こうして、彼らに出会わなければ、トゥトゥにとっても「行方不明のイリクサール王子」は過去のことになっていたからだ。

「時が経てば経つほど、殿下の居場所は無くなっていく――早くなんとかせねばならん。追手の奴らは、まさか我らが王都にいるとは思っていないに違いない。この好機は、逃せない」

彼らは国境付近からこの下宿屋へやってきた。国境からは馬車でも一週間以上かかるため、まさか二人が今王都にいるなんて、誰も想像しないだろう。

「……なんでそこまでして、あの子を王子に戻したいの？」

戻したい、という言葉にタルジュは眉をひそめたが、訂正はしなかった。

「イリクサール殿下ほど高潔な御方を、俺は知らない」

「コウケツ？」

言葉としては知っているが、意味をあまり深く考えたことがなかった。

「どこの誰ともわからぬお前に、あれほど何度も頭を下げる王族がどこにいる？　王太子としては正しい態度とは言えない――頭ではわかっているのに、そう思えんのだ。悪意渦巻く貴族たちの中で、国民一人ひとりと目を合わせ、言葉を交わす治世を目指すことに、どれほどの覚悟が必要か――俺はずっと見てきたから」

トウトゥは何度聞いただろう。「ありがとう」と彼が心の底から言う声を――

「見捨てられるものか……そして、あの御方が築くであろう、幸福な未来への希望を、俺が捨てられないんだ」

――パチ、パチチ……ゴトン。

静かに燃える薪が、崩れた音がした。

＊＊＊

冬の朝は、日が昇るのが遅いため、比較的のんびりしていられる。

トゥトゥはあったかい毛布の中でまどろんでいたが、もう外が白み始めてから随分経つ。そろそろ起きなければと気合いを入れて、ソファから起き上がった。

隣にいたヨツバが、恨めしそうにトゥトゥを見上げる。

「めうっう」

もう少し寝てるから！　そう言うかのように、四股に分かれたふわふわの尻尾で体を包み、ヨツバはもう一度眠りにつく。もう一つのソファで、タルジュが体を起こしていた。

「おはようございます。よく眠れた？」

「ああ」

簡単な挨拶(あいさつ)を済ませ、トゥトゥは台所へ向かった。タルジュも腰に剣を携(たずさ)え、ついてくる。

薪(たきぎ)を取るために庭に出た。霜(しも)が降りていた庭は凛(りん)とした空気で満ちている。日の光で溶け始めた霜(しも)が、草木の上でキラキラと輝く。

シュティ・メイは、すでに鶏小屋(にわとりごや)にいるようだ。コッコッコ、と鶏(にわとり)がシュティ・メイに挨拶(あいさつ)する声が聞こえた。

かまどに使う薪(たきぎ)を、薪(たきぎ)置き場からひと束掴(つか)んで担(かつ)ぎ上げようとすると、タルジュが無言でそれを奪った。

「ありがとう」

タルジュは頷くと、ごく自然に炊事場に戻った。そして、かまどに薪を投げ入れて火をつけようとする。王子付きの騎士のくせに、よく働くもんだと、トゥトゥは感心して見ていた。

しばらく朝の準備に駆け回っていると、トゥトゥの背に控えめな声がかけられた。

「おはようございます」

イリクサールだった。まだ日が昇り切っていない時間だったため、トゥトゥは驚いた。

「おはよう。まだ寝ててよかったのに」

「いえ、もう目は覚めていたので。私にも手伝えることはありませんか？」

まだ旅支度は整えていなかったため、すぐにここを出るわけではなさそうだ。トゥトゥはほっとした。

「それじゃあ、二人で庭の手入れを手伝ってくれる？　外にシュティ・メイがいるはずだから」

炊事場から二人が消え、トゥトゥは深い吐息をついた。どうしていいかわからない自分と向き合うのが、これほど難しいとは思わなかった。

――いや、どうしたいのかなんて、本当はもう、トゥトゥにもわかっているのだ。

「わあっ――！」

庭から聞こえたイリクサールの悲鳴に、トゥトゥは顔を上げた。慌てて庭に飛び出る。

「どうしたの⁉」

イリクサールが、井戸の近くにへたり込んでいる。その隣でタルジュが棒立ちになっていた。

鶏たちがコケッコケッと庭中を走り回る中、イリクサールとタルジュが呆然と見つめる先には、朝日があった。その逆光で人のシルエットが強く映し出されている。

そしてその光の中心には――

「……天使……様……？」

純白の翼を広げた、シュティ・メイがいた。

「……尻、濡れるよ」

その「天使様」といえば、この調子だ。

確かに、霜、下りてたもんね……。トゥトゥは額に手をやった。

昨夜、シュティ・メイは服の中に翼を仕舞っていたので、彼らが驚くのも無理はない。今はきっと、鶏と戯れるために背中から羽を出していたのだろう。

前世の記憶があるため宗教にあまり関心のないトゥトゥと違い、二人は唯一の神を信仰している。いきなり目の前に天使が現れ、その口から「尻」と言われたショックは計り知れない。

トゥトゥは二人に近づくと、ゴホンと咳払いをした。

「えーっと、異世界にはいろんな見た目の人がいて……シュティ・メイは、えーと、ちょっと、翼が生えてるっていうか……」

二人は勢いよく振り返った。その顔は赤くもあり、青くもあり、混乱極まった顔をしていた。

「異世界での彼は、私たちが思う天使みたいな存在じゃないらしくって、ええっとつまり平たく言うと――」

　トゥトゥは、迷ったが、潔く言った。

「ちょっとでかい鳥」

　二人は、唖然として繰り返した。

「……ちょっと、でかい……鳥？」

　真顔で言うトゥトゥに圧倒されたのか、イリクサールは小さく頷いた。

「そう。あと、天使は尻とか言わない」

　不思議そうにこちらを見ていたシュティ・メイに、トゥトゥは「心配しないで！」と身振りで伝えると、彼は朝の仕事に戻っていった。

　手に籠を持ち、鶏に餌を撒く天使――もとい、ちょっとでかい鳥を呆気にとられつつ見つめていたイリクサールは、トゥトゥに向き直ると微笑んだ。

「勘違いしてお騒がせしてしまい、すみません。彼にも直接謝罪したい」

　イリクサールの言葉を聞いたトゥトゥは、思いきって二人の前にしゃがむ。

「……ねえ、王子様」

　呼びかけられたイリクサールは、立ち上がり、トゥトゥに手を差し伸べた。

「イリクサールとお呼びください」

「イリクサール、君？」

　はい、と微笑む彼の手を取り、トゥトゥも立ち上がった。

立ち上がったトゥトゥとイリクサールの目線は、それほど変わらない。

けれど、彼の視界は、トゥトゥよりもずっと遠く、広いのだろう。

ぐっと拳を握って気合いを入れると、トゥトゥは口を開いた。

「……この下宿屋は、色んな異世界と繋がってるけど……私自身には、別に特別な力があったりとか、そういうのはないの」

突然のトゥトゥの告白にも動じず、イリクサールは「はい」と言った。

「私はここをおばあちゃんから引き継いで、責任もあるし、何より私が大事に思ってるから……」

「早々に、出ていけと？」

「タルジュ！」

辛辣な言葉を吐いたタルジュを、イリクサールがたしなめる。トゥトゥはタルジュを睨みつけて言った。

「今必死なんだから、横やり入れないで！」

タルジュは虚を衝かれ、口を閉ざす。

「ええと――だから、私は彼らに強制することはできないし……だけど、私がここを守りたいみたいに、あなたが国を守りたいっていうのもわかるから……」

どう言えば伝わるだろうかと、トゥトゥは言葉を探す。

トゥトゥの言わんとすることを察したのか、イリクサールの水色の目が開かれていく。

「……私一人で、何ができるかはわかんないけど――」

バシャンッ、と大きな水しぶきが井戸から上がった。

「も一人追加で、二人よ」

トゥトゥの背中には、水に濡れたコーネリアが乗っていた。背中から落ちないようにしがみ付きながら、ビッと指を二本立てている。

その足は、イリクサールとタルジュが昨日見ていたものとは違い——見事な魚の尾であった。

「ネリー！　井戸から飛んできたの⁉　驚かさないで！」

「だってトゥトゥが真面目な話してたから、邪魔しない方がいいと思って」

あっけらかんと言うコーネリアは、トゥトゥの背にしがみ付いたままだ。トゥトゥはコーネリアの体を傷つけないように慎重に井戸の縁に座らせる。

タルジュたちは度肝を抜かれつつも、コーネリアの尾に不躾な視線を向けたりしなかった。シュティ・メイを見ていたおかげか、彼女もまた異形のものだと受け止めたのだろう。

「めうっ！」

「ちょうどいいところに来たわね。ヨツバも入れて、三よ」

庭の騒ぎに釣られて目を覚ましたのだろう。ご機嫌に走ってきたヨツバは、わけがわからないまま、コーネリアによって頭数に入れられた。

指を三本掲げたコーネリアは、「めう?」と首を傾げるヨツバを腕に抱える。

「ちょちょちょちょ……待って、ネリー」

「シュティ・メイ！　あんたも、ちょっとこっち来なさい！」

トゥトゥの制止も、人魚の王女コーネリア様には届かない。

人魚スタイルになったコーネリアは、地面を自由に歩けない。そのため、大きな声でシュティ・メイを呼びつけた。

「……なに」

鶏(にわとり)の世話をしていたシュティ・メイは、面倒そうな表情を浮かべて、コーネリアを振り返った。

「あんたも入れて、四よ！　いいわね？」

シュティ・メイはコーネリアに向けて、大きくため息をついた。その様子を見て、コーネリアが肩を怒らせる。

「何よ！　文句あるの!?」

「ない」

トゥトゥはシュティ・メイの返事に胸を詰まらせる。彼は歩いてくると、トゥトゥを見下ろしながら、指を四本立てて見せた。

まだ冬の最中(さなか)だというのに、トゥトゥは胸が熱くて寒さを全く感じなかった。

見守っていたイリクサールとタルジュに向き直ると、トゥトゥは手をビシッと彼らに突き出した。

立てた指は、四本。

「私たち——四人で、あなたたちに手を貸したい！」

トゥトゥの言葉に、二人は深く、深く頭を下げた。

「ははは、まるで演劇でも見ているようだなあ」

まるで客席から見下ろすように、ユオは庭の様子を眺めていた。

トゥトゥは声がした方を見上げた。庭に面した二階の窓から、ユオの姿が見える。

「ユオ、起きてたの！」

「おぬしが来てからというもの、安眠できたためしがない。随分と騒がしくなったからなあ」

「意地悪言ってないで、起きたならユオも下りてきてよ！」

ユオはいつものように「ははは」と笑った後、目を三日月のように細めた。

「下りてはやるが――俺は手伝わんぞ。すでに家賃分は働いている」

冬の空気のように澄んだ、混じり気のない冷やかさでそう言った。

悠然と微笑むユオに、トゥトゥは目を見開いた。

庭に下りてきた彼に、トゥトゥは駆け寄る。

「ユオ……どうして？」

抱き付くようにして問いかけるトゥトゥを、ユオは難なく受け止めた。その顔は、いつものように笑っている。

「どうして、とは？　むしろなぜ、俺がそのものたちのために働かねばならない」

トゥトゥは衝撃を受けた。

下宿人たちには強制はしたくない。そう思っていたくせに、トゥトゥは当たり前のように信じていたのだ。

ここに来た当初から、なんだかんだとずっと世話してくれていたユオ。そんな彼なら、きっと助けてくれると――無意識のうちに甘えていたのだ。

「おぬしも、思いとどまれ。さすれば、ミンユが慈しみ、守り続けたこの場所で、俺はおぬしを守り導こう」

ユオがトゥトゥの頭を撫でながら言った。撫でているのはトゥトゥの頭だというのに、彼が想い浮かべているのは――トゥトゥの祖母であるミンユだった。

トゥトゥはショックではあるが、どこかで納得もしていた。

ユオは優しかった。最初から、いつだって。

不慣れなトゥトゥに文句一つ言わず、当たり前のようにいつも協力してくれた。だけど、それは純粋にトゥトゥを思って、助けてくれていたのではなかったのだ。

『――仕方がない。ミンユに頼まれたからな』

彼は、祖母に頼まれたから、トゥトゥの面倒を見ていたに過ぎないのだ。

彼にとってトゥトゥは、ずっと「ミンユの孫」だった。「トゥトゥ」だから優しくしていたのではない。「ミンユ」のために、彼女が大事にしていた――下宿屋のために。

トゥトゥに下宿屋以外のことを頼まれたからといって、引き受ける道理はない。

「なあ、孫娘よ」

ユオの指がトゥトゥの髪を滑る。トゥトゥを、なだめるように。

ならば「ミンユの孫娘」ではなく、「トゥトゥ」がユオの協力を得るためには、どうすればいいのだろうか——トゥトゥは必死に考えた。

そうだ——あれだ。

『そうだなあ。対等とまではいかずとも、俺にものを言う権利くらいは持てるだろう』

トゥトゥは顔を上げた。金色の宝石のような瞳が、トゥトゥを見下ろしている。

「私と取引して」

ユオの瞳を見つめ、彼の名を口の動きだけで呼んだ。

——エンセンユオタハティ。

ユオの隣でシュティ・メイが目を見開き、ヨツバが飛び跳ねた。コーネリアが両手を頬に当てて悲鳴を上げる。

「駄目よ、トゥトゥ！」

「俺の望むものを、おぬしが出せるかな？」

ユオが獲物を前に舌なめずりをするような表情を見せた。そのまなざしに、今までの優しさはない。「対等に」近い場所で話をしたいと望んだトゥトゥを、遥か上空から見下ろすような目だった。

トゥトゥは踏ん張った。ユオの瞳を睨むように見つめ続ける。

「ユオ、本当はずっと我慢してるんでしょう？」

トゥトゥは震えそうになりながらも、気丈に言った。

青ざめていたコーネリアとシュティ・メイが、一瞬固まる。

状況が呑み込めないなりに、この緊迫した空気を感じ取っていたイリクサールとタルジュは、顔を見合わせた。

「ほう、我慢とな？」

　腕に囲ったトゥトゥの亜麻色の髪を、ユオの長い指が弄ぶ。

「あなたって、処女の血が一番好きなんでしょ。願いを聞いてくれたら、私の血をあげる」

　この下宿屋に来て三つ季節が過ぎたというのに、ユオが血を啜るところを見たことがない。シュティ・メイやコーネリアと違い、気まぐれでふらりと街に出ることはあるが、そう頻度が高いわけでもない。

　ユオが――吸血鬼が、一番好物な処女の首筋からの血。

　前世で見た映画の知識だが、トゥトゥはそう確信していた。

　その瞬間、場がはぜた。

「はっはっはっはっは！」

　真剣な顔のトゥトゥを手離すと、なんとユオが腹を抱えて大笑いし始めた。

　驚いてユオから視線を外せば、他の皆も呆気にとられてトゥトゥを見つめている。イリクサールは頬を赤らめ、下を向いている。

「なんと！　おぬし、まだそれを！」

　ユオは言葉にならないほど笑いが溢れてくるらしい。腹を捩らせ、床に膝をついて笑い転げている。

　呆然と見つめるトゥトゥに、くくくと笑みを噛み殺したユオが顔を向けた。

「もろうてもよいのか、処女の血を」

「う、うん。痛いのは覚悟の上だし」

血を吸うって言っても、干からびてミイラになるほどではあるまい。採血か、もう少し量が多ければ献血のようなものだろう。多少チクッとしそうだが、耐えてみせる。

トゥトゥが強く頷くと、またユオは笑い始めた。

イリクサールなど、林檎のように顔を真っ赤にして俯いてしまっているし、タルジュはこれ以上ない程眉間に皺を寄せている。シュティ・メイは縁側でお茶を飲むおじいちゃんのような顔をして見守っているし、コーネリアは今にもぶっ倒れそうだった。

そしてユオは、ひとしきり笑った後に、目尻に浮かぶ涙を拭い取った。

「はぁ……笑った笑った。これほど笑ったのはいつぶりか」

妙に清々しい顔で言ったユオは、立ち上がるとトゥトゥを見下ろした。

「仕方あるまい。今の言葉、忘れるなよ」

ユオの了承の言葉に、トゥトゥは喜びのままユオに飛びついた。

「ユオ！　ありがとう、ありがとう！」

きっとトゥトゥは今、初めて彼に認められたのだ。「ミンユの孫」ではなく、「トゥトゥ」として。

「ははは、よいよい」

飛びついたトゥトゥを片手で受け止めたユオは、機嫌よく笑っている。

タルジュとイリクサールは、なぜか深く頭を下げてトゥトゥに謝罪した。コーネリアは血の気の失せた顔で、トゥトゥに今にも掴(つか)みかからんばかりだ。

「あんっ、あんたっ、しょ、処女の血って……！　そんな、あんたっ……！」

「大丈夫。目瞑(つむ)ってるし、すぐだよ、すぐ」

「すぐって、すぐって……!?」

コーネリアはもどかしそうに体を震わせて怒っている。たかが血を吸われるだけで、そんなに真っ赤になることもないのに。

　トゥトゥは珊瑚(さんご)色に頬を染めるコーネリアに、訝(いぶか)しげに首を傾(かし)げていた。


「一週間後に城で、叔父主催の舞踏会が開かれます。その会場に辿り着くことができれば、数多(あまた)の貴族に私が生きていることを証明できるでしょう」

　朝食を囲みながら、イリクサールはそう言った。

　もし王が死に、喪に服せば国の機能は止まる。そのため王は、混乱を避けるために、自分が生きている間に弟に王位を譲ろうとしているという。

　そのため、イリクサールが生きていたと王に知られれば、王弟の計画は頓挫(とんざ)する。王とイリクサールを絶対に会わせないよう、王弟はイリクサールたちを国境の方へ追い詰めていたのだ。王太子派は王弟派の勢いに押され、全く身動きが取れないでいる。

　一週間後に開かれる舞踏会は、譲位を円滑にこなすため――つまりは、自分が次期王なのだと誇示するために、王弟が開くのだという。

「舞踏会は、正午から始まります」

「正午……？　舞踏会って、夜にやるものじゃないの？」

トゥトゥの問いに、タルジュが頷く。

「昼間の開催は滅多にないことだが、前例がないわけでもない。我がノーヴァ伯爵家も招待を受けているはず。何とかしてその招待状を譲ってもらうつもりだ」

伯爵家。タルジュはやっぱりご貴族様だった。

「反対勢力なのに招待状が来るんだ」

「ノーヴァ家は古くは王家とも繋がりを持っている。王弟だからこそ、無視できまい」

タルジュの隣で、コップの水面を睨みつけていたイリクサールがポツリとつぶやく。

「貴族の慣例は守れても、家族を躊躇なく手にかけようとするものに、多くの民を守ることなど、できるはずもない」

イリクサールの言葉が冷たく響く。トゥトゥが接していた少女のようなイリクサールとも、王子の彼とも違う。それはきっと、王の言葉に近いのだろう。

パチパチ、と薪がはぜる音が食卓にいやに響いて、イリクサールはハッとしたように顔を上げた。

「失礼しました」

トゥトゥは首を横に振った。

「それにしても、舞踏会にこっそり入るなんて……。招待状が手に入るなら、普通に入場したらいいんじゃないの？」

　サラダを頬張りつつ首を傾げたトゥトゥに、ユオが答える。

「舞踏会は、王子を確実に捕らえるための、撒き餌でもある。のこのこ顔を出せば――」

　ユオは自らの手を、首元でシュッと水平に動かした。

　トゥトゥは背筋がぞっとした。

　イリクサールが、拳を握りしめた。

「武力で奪い取った王位に、なんの意味がありましょうか」

「それはおぬしも同じ。舞踏会へ辿り着けたところで、力ずくで片づけては意味がない」

　ユオの言葉に、トゥトゥはハッとした。

　そうだ。イリクサールはまだ若い。きっと、これからも問題は起きるだろう。

　その時に、イリクサールが示せるものが「武力」だけでは、きっと駄目なのだ。

　誰もが「納得する」だけの力がなければ――

「承知、しております……」

　イリクサールは苦しそうに言った。まだ若く、頼れるものが今はタルジュしかいないイリクサール。トゥトゥは咄嗟に話題を変えた。

「ねえ、でもさ、相手はイリクサール君たちが国境にいると思ってるんでしょう？　一週間で舞踏会の会場に来れるわけないじゃん」

　タルジュが頷いて答える。

「そうだ。奴らは国境から王都まで、蟻の子一匹通さない厳戒態勢を取っている。俺たちはどのルートであれ王都へ向かおうとすれば、必ず奴らに見つかるはずだった」

それがまさか、すでに王都に到着している——なんて、相手方は想像もしていないに違いない。

「さりとて、万が一ということもあるからな。舞踏会を警護しやすい昼に開いてまで警戒するのは、念には念を入れておるからだ」

トゥトゥはようやく納得した。イリクサールもタルジュも、真剣な表情でユオの言葉に頷いている。

ユオは口角を上げる。正義の王子様の味方というより——まるで悪の親玉のような笑みだった。

「——さて、計画を立てるか」

第九章

王城は、海に囲まれ聳(そび)え立っている。

城に辿り着くためには、街と城を結ぶ煉瓦(れんが)の橋を渡らなければならない。

舞踏会を迎えた日、その橋の上には馬車がずらりと並んでいた。

渋滞の最後尾に、一台の馬車がつく。金縁(きんぶち)の細工で覆(おお)われた、立派な馬車だった。人のよさそうな御者(ぎょしゃ)が、馬の機嫌をとっている。

空は見渡す限り青く澄んでいて、雲が細く伸びていた。舞踏会というより園遊会日和(びより)の天気だが、テラスから見るきらめく海も、きっと素晴らしいだろう。

行列は少しずつ動き、ついにその馬車が会場の前に着く。御者(ぎょしゃ)が滑るように席から降りると、扉を開けて踏み台を下ろす。まず、男性が降りてきた。

その男性は随分と美丈夫(びじょうふ)だった。切れ長の瞳は少しばかり目つきの悪さが目立つが、短所に数えるほどではない。

白を基調とした厳(おごそ)かなコートに身を包み、そのボタンは貝殻で作られた、螺鈿(らでん)細工。内に着たベストは紺色のベルベット生地で、男性の髪の色と揃いだった。

腰に下げた剣から、騎士であることがうかがえる。

男性は踏み台の脇に立つと、慣れた仕草で馬車の中に手を伸ばした。男性の手に、絹の手袋に包まれた指先が触れる。

手を伸ばした女性は、馬車の出口にドレスの下のクリノリンを引っかけて苦戦している。社交の場にデビューして間もないのか、まだ盛装の扱いに慣れていないようだった。

男性は、女性の腰に手をやり、抱き上げるようにして馬車から降ろした。その動作は少し強引だが、男性が女性を大事にしているのが伝わってくる。

女性は地面に足を付けると、礼を言うように男性に向けて微笑んだ。だが、見えるのはほころんだ口元だけ。彼女の表情は、ヴェールに隠されていたからだ。

その女性は、瑞々(みずみず)しい生花で全身を彩(いろど)っていた。

白いドレスの胸元には青、黄、薄紅、白、紫と色とりどりの花があしらわれている。特に青色の印象が強く、空によく映(は)えていた。腰に巻いた大きなリボンは、ドレスの裾(すそ)まで流れ落ち、そこにもたくさんの花びらが縫(ぬ)い付けられている。まるで花畑の中を舞っているかのようだった。

広く開いたデコルテには、真珠のネックレス。大きな真珠と小さな真珠が、まるでレースのように編み込まれ、この国では見たこともないデザインだった。

結い上げられた金色の髪にもまた生花が差し込まれ、共に編まれている。

昼の舞踏会に相応(ふさわ)しい、明るく華やかな意匠(いしょう)であった。

女性は男性の腕を取り、ゆっくりと歩いた。高いヒールに慣れていないのか、隣の男性に何度も助けられる。

会場の入り口が近づくと、二人の前に衛兵が立ちふさがった。一人は馬車の検閲に向かい、もう一人は慇懃に頭を下げる。

「招待状を確認させていただきます」

男性は胸元のポケットから、一通の封筒を差し出した。恭しく受け取った衛兵は、その宛名を見て息を呑む。

「ノーヴァ伯爵家の――」

「タルジュ・ノーヴァ。父の名代だ」

男性は迷いなく自らの名を告げた。凛とした声音に、衛兵はいよいよ顔を強張らせた。そして、少し後ろにいる女性を目にし、ごくりと唾を呑む。

「――大変恐縮ながら、警備の関係上、お顔をお見せいただく必要があるのですが……」

「彼女は目の病にかかっていて、日の光りに弱い」

「恐れ入ります。規則ですので……」

タルジュは頷くと、女性を前に導き、顔を寄せ囁く。

「お話はお聞きになられましたね？」

女性は、こくんと頷いた。そして自らの手で、そっとヴェールを持ち上げる。

その顔を見た衛兵は、招待状をタルジュに返すと、背筋を延ばして敬礼した。

「帯剣は禁止されております。フロントへお預けください。それではどうぞ、お楽しみください」

女性は少しだけ膝を折ると、タルジュの腕に手をかけて、再びゆっくりと歩き始めた。

二人の姿が、王城の中へ消えていく。その後ろ姿を見ていた衛兵に、他の衛兵が声をかけた。

「よかったのか？」

衛兵はもちろん、王弟から指示を受けていた。特定の人物が訪れた場合、必ず止めるようにと。

それは、目下城を挙げて捜索中の王太子の名だった。王太子と共に消えたタルジュ・ノーヴァについても警戒しろとのことだったが、王太子と一緒でなければ手を出しにくい。

「ああ」

「さっきの女は？　王太子に、背丈も髪の色もよく似ていただろう？」

苛立ったように言った同僚に、衛兵は笑った。

「どれだけ顔立ちを化粧で変えたって――瞳の色は変えようがないだろ？」

絢爛豪華（けんらんごうか）な会場にはすでに人のざわめきが広がっている。

会場の中は、大きな窓からの光で随分と明るかった。窓の先にはテラスがあり、そこから海が一望できる。

壁や柱にはふんだんに大理石が使われ、重厚な雰囲気を作り出している。

高い天井には、金で縁（ふち）どられた女神の絵。舞踏会を見守る女神の周りを、天使たちが微笑んで飛び回っている。見事な壁画だった。

冬だというのに、じんわりと肌にまとわりつくような熱気が立ち上っているのは、暖炉のせいだけではないだろう。何か起きるのではないかという人々の興奮が、普段の社交の場にはない熱気を醸（かも）していた。

その中を、タルジュと生花に埋もれる女性がゆっくりと歩く。女性は、青色の花束を手にしていた。

「昼の舞踏会は趣（おもむき）に欠けるかと思いましたが、女性が皆華やかで、たまにはいいものですな」

「おっしゃる通りで。シャンデリアに照らされた夜の蝶（ちょう）もさることながら、日の光で輝く花も美しい」

顎肉（あごにく）を蓄（たくわ）えた男性に、タルジュが応じる。男性はタルジュに「全くその通りで」と笑いながらも、ちらりと後ろの女性に目をやった。

「――ところで、そちらは？」

しびれを切らした男性が、タルジュに紹介を求めた。周りで聞き耳を立てていた集団が、ざわりと波を打つ。

タルジュは、今気づいたとばかりに紹介する。

「あぁ、失礼致しました――私の、大切なお方です」

タルジュが、女性の腰を抱いて引き寄せる。それに勇気づけられたかのように、女性は一歩前に出た。そして、手にしているローズマリーの花束から一本抜き出すと、レースの手袋に包まれた細い指で、男性に手渡した。すると隣にいたタルジュが意味深な言葉を投げかけた。

「せっかくの青空の下の舞踏会――今日という善き日に、閣下にも青い幸運が舞い込みますように」

男性は動揺しながらも、その花を恭(うやうや)しく受け取り、胸に手を当て礼をする。

女性は無言のままドレスの裾(すそ)をつまみ、小さく礼をするとタルジュの後ろに戻った。そして、二人は男性に別れを告げて、ホールを再び歩き出す。女性が歩く度に、ドレスに添えられた無数の生花が揺れ、匂い立つ。

「やあ、ノーヴァ卿。お父上はお元気か？」

数歩も行かぬうちに、また別の人に声をかけられた。タルジュはいつもの不愛想な顔に、笑みを貼りつけながら対応する。

誰もが、タルジュの隣にひっそりと控える女性に注目していた。金色の髪に、青いローズマリーの花束を持つ、若い娘。

青は王太子の瞳の色——顔をヴェールで覆(おお)った娘の正体を、誰もが察していた。

タルジュが招待客に対応し、女性が花を差し出すにつれ、会場には青い花を持つ人が増えていった。

王太子の無事の帰還を喜ぶものは真っ先に胸に花を差した。王弟派は料理の皿に捨てた。戸惑うものは、そっと服に隠した。

会場に、ぽつぽつと青い花が咲き始めた頃——大きなファンファーレと共に、一組のペアが入場した。

手慣れた仕草で自(みずか)らの妻をエスコートする男性は、豪奢(ごうしゃ)な衣装を身にまとっていた。引きずるような重厚な赤いマントに、大きな玉の付いたステッキを持っている。そして頭上には、まるで王冠を連想させる冠をのせていた。

彼こそ――イリクサールを追いやった張本人、王弟その人であった。

次期王になろうという、時の人である。ペアの周りは一気に人だかりができた。

如才なく対応する王弟に、そっとボーイが近づき耳打ちした。人々に笑いかけながらも、その言葉を聞き取った王弟は笑顔のままボーイに囁き返した。

「つまみ出して、始末しろ」


「お話し中のところ、失礼致します。お客様の馬車に何やら問題が起きたようで――大変恐れ入りますが、確認にご同行願えますか？」

タルジュたちのもとにボーイがやってきた。

タルジュは貴族らしく、洗練された仕草で振り返る。挨拶をしていた相手は、自分も目を付けられては大変と、すでに逃げ出している。

女性は、タルジュの腕をそっと離し、背筋を伸ばして俯いた。

「――神は試練をお与えになった。己の手で取り返せぬものに、王冠を被る資格はないと」

女性の口から昂然と放たれた言葉が、ざわめいていた会場に響く。

誰もが口を閉ざし、花に埋もれる女性を見つめた。

「王冠だと――？　よもや、我が王の第一子……イリクサール王子を名乗るか？　だとすれば、とんだ侮辱だ。我が誇り高き甥は、こそこそと女装などするものか！」

王弟は、女装して逃げる甥を蔑むように言った。王弟の周りにいた人々は、いつの間にか散り散りになっている。威風堂々と立つ王弟は、タルジュたちにステッキを向けた。

「王太子を騙る不届きものだ――ひっとらえよ！」

ボーイが一斉にタルジュたちを取り囲む。

会場の外から衛兵もやってきたが、大勢の貴族たちに阻まれ入り口で立ち往生している。

ボーイがナイフを取り出した瞬間、タルジュの隣にいた女性は足を蹴り上げた。ぶわりとスカートが大きく舞う。

幾重にも重なったパニエと大きなクリノリンがボーイの腕にぶつかり、女性の体からナイフを遠ざけた。

ボーイはあまりに力強い蹴りと、見たこともないようなスカートの躍動に一瞬躊躇すると、次の瞬間、床に転がされていた。

「めぺうううっ‼」

蹴り上げたスカートの中から、獰猛な白い獣が吠えながら飛びかかってきたのだ。大きな牙を見せながら、倒れたボーイをさらに踏みつける。

突然現れた見慣れぬ獣に、他のボーイも唖然としている。その隙を突き、白い獣――ヨツバはボーイが落としたナイフを咥えると、他のボーイに向かって突進していく。

女性が蹴り上げた足には、剣を忍ばせるためのレッグホルスターがついていた。隣にいたタルジュが、躊躇なく女性の足を掴んで剣を抜く。

武器を持ったタルジュとヨツバは、近づいてくるボーイたちを切り伏せていった。次々に敵をなぎ倒していく。

入口で立ち往生していた衛兵らがやっとのことで駆けつけた。タルジュは剣を構え直す。

突然繰り広げられた剣戟に、会場は混乱の坩堝と化した。

タルジュの巧みな剣さばきによって、衛兵の剣が吹き飛んだ。甲高い悲鳴が一斉に響く。空中に剣が高く舞い、落ちる。

その剣を拾い上げたボーイがいた。彼は一度ビュン、と音を立てるように振ると、王弟に届けるために歩を進める。

固唾を呑んで見守っていた王弟は、そのボーイから剣を受け取ろうと鷹揚に手を伸ばした。

「よくやっ――」

キンッという音と共に、王弟の言葉が止まった。俯いているボーイが、剣の刀身を王弟のステッキに当てたからだ。

「なっ――」

王弟は憤慨しながらも、生意気なボーイのリクエストに応えてステッキを握る。中には剣が仕込まれているステッキを抜き、王弟が構えた。

現れた刀身に怯えることもなく、ボーイは下を向いたまま、剣を構える。

――キンッ、カッ、キンッ、キンッ

ボーイの剣には、殺意が見えなかった。ただ一心に、正確な剣を振るい続ける。

王弟が襲われていることに気付いた衛兵たちが、駆け寄ろうとして足を止める。

争っていた他のものたちも手を止め、不思議なほどの静寂が訪れた。

――キンッ、カッ、キンッ、キンッ
場内で聞こえるのは、二人の剣戟(けんげき)の響きだけ。それは、この国の騎士ならば誰もが憧れる、王家の剣の型だった。

――キンッ、カッ、キンッ、キンッ
呼吸を揃えた、四拍子の動作。

その姿は、まるで久しぶりに会った恋人のダンスのように、ぴったりだった。

どんなに長く剣を交えていなかったとしても、王家の型は二人の体に染みついていた。

ボーイが剣を振るう度に、美しい金の短髪が揺れた。

「――あれは……。そんなはずが……」

誰からともなく、声が漏(も)れた。皆、同じ疑問を抱いていた。

何度となく、王弟と対峙(たいじ)する金髪のボーイと、タルジュの隣で悠然と微笑む女性を、皆見比べる。

「この女性が、王太子では――?」

誰に問うでもないつぶやきは、剣がぶつかりあう音にかき消される。

――キンッ、カッ、キンッ、キンッ
アズムバハル国の王族であると証明するかのように剣を交わす二人を、その場にいるものたちは、唖然(あぜん)と見つめていた。

――ビィイイン……

勢いよく飛んだ剣が、床を滑っていく。それを、息を切らした王弟が呆然と眺めていた。

目の前に突き出された切っ先に、王弟が尻餅をつく。浅い呼吸を繰り返しながら、ごくりと喉を鳴らした。

「この型は、貴方に教わった」

ボーイに扮したイリクサールの髪が、ふわりと揺れる。

「木刀を持たせようとする教育係に、剣の重さを教えろと真剣を持たせてくれたのは、貴方だった。私は剣の重さを、命の重さを、齢四つで教わった」

イリクサールは泣き笑いのような顔で、王弟を見つめた。

「五年前の貴方であれば、私は一瞬で負けたでしょう。その時の貴方ならば、きっと素晴らしい王になっていたに違いありません」

イリクサールは剣の切っ先を動かした。王弟が体を強張らせる。

しかし、イリクサールはその切っ先を王弟の頭上へと動かした。剣の先で、王冠を模した冠を掬い取ると、観衆を振り返った。剣を掲げ、腹の底から声を張り上げる。

「皆のもの！　よく聞くがいい！　私がこうして黄泉より舞い戻ったのは、天高く住まう神の加護に他ならぬ！　その証拠に――」

イリクサールが窓の外に剣を向ける。

——窓の外、光る海の上に、虹を従える天使がいた。

観客の一人が急いで窓を開けた。ガラスで遮(さえぎ)られていた外の音が、一気に会場の中に流れてくる。

きらりきらり、歌う海原、青く
奏でる音にとける、夢のまたたき
愛なり、愛なり
我(われ)が、愛なり

それは、この世のものとは思えないほど美しい歌声だった。

聴いたものは皆、男とも女ともつかない不思議な歌声に酔いしれ、そしてその後ろに大きく弧を描く虹に息を呑んだ。

風があるのか、高い波が打ち上がり、噴水のように水しぶきをキラキラと散らしている。

天使は大きな翼で、ゆっくりと羽(は)ばたいている。白い羽は、天井に描かれた天使が持つものと瓜二つだった。人々は、ひと目でも見ようとテラスに詰めかけた。

——歌い終えると、天使は翼を羽(は)ばたかせ、旋回し空の彼方へ消えてゆく。

その姿を、誰もが唖然として見守った。

天使の姿が消え、翼から落ちた羽が海面にポトリと落ちた時、小さなつぶやきが聞こえた。

「……天使、様」

誰かが、思わずつぶやくと、皆顔を見合わせ、喝采を上げる。

「天使様が現れた——！」

「神のご加護に違いないわ！」

「神に愛された王子……イリクサール様！」

「イリクサール新陛下、万歳！　万歳！」

と挙げられた両手と共に、青い花が舞った。

＊＊＊

いやぁ、参った参った——

トゥトゥは冷や汗を流しながら、必死に笑みを取り繕っていた。ヴェールの裏ではどんな顔をしていてもよいが、決して、口元だけは笑みを絶やすなと、タルジュに何度も念を押されたためだ。

皆から女装した王子だと思われていた女性——それは、トゥトゥだった。

亜麻色だった髪をビールで脱色し、イリクサールのふりをした。トゥトゥに注目を集めることで、本物のイリクサールに気づかれないようにするという意図だった。

そして、王子をどうやって会場に潜り込ませたか——それは、この国の貴族では絶対に考えつかないような場所であった。

『検閲が厳しい王家主催の舞踏会でも、唯一調べられぬ場所がある』

ユオの計画で、イリクサールに扮することに決定していたトゥトゥに、彼はこう言った。

生活にお金が必要だということも知らなかったくせに、変なことだけ知っている男だなとトゥトゥは眉をひそめたものだ。

ユオの提案した場所に、タルジュとイリクサールは心当たりがあるようだ。顔を真っ青にして、二人は『まさか』とつぶやいた。

『そう、淑女の足元――つまり、ドレスの中だ』

『う、嘘でしょ～～!!』

トゥトゥが思わず叫んだのも、無理がないと言えよう。どこの世界に十代の健全な男子を太腿に挟みながら歩きたい女がいるというのだ。

『おぬしが助けたいと言ったのだ。そのくらいの覚悟はあろう?』

にやりと笑うユオに、トゥトゥは思わず『も、もちろん!』と答える。あまりにも簡単に、彼の挑発に乗ってしまった。

恐縮する王子を股に挟みながら歩く練習を、それから一週間、死に物狂いでやった。

『大丈夫よ、イリクサール君。私たちにもう、怖いものなんて、ないんだから』

すごむトゥトゥに、イリクサールは涙目で頷いた。

イリクサールを隠すためのドレスなど、もちろんトゥトゥは持っていない。しかし、思わぬ方法でドレスは手に入った。タルジュの母から借りたのだ。

幸い、イリクサールたちは国境付近にいると思われていたため、王都は警備が手薄になっていた。

念のためにとユオとタルジュが商人に扮し、イリクサールを木箱に隠して王都にあるノーヴァ伯爵家の館を訪れた。

タルジュは両親に、協力を仰いだ。両親はタルジュとイリクサールの無事を心から喜んだ。そして、「絶対に王太子を守ること」を条件に、舞踏会の招待状を譲ってくれたのだ。

伯爵家のタルジュの部屋に入ると、ユオは下宿屋の鍵をクローゼットの鍵穴に差した。

こうして、下宿屋とタルジュの部屋が繋がった。鍵を差したまま扉を開けていれば、部屋の行き来が、自由にできる。

とはいえ、トゥトゥはドレスも持っていなければコルセットすら付けたことのない、庶民の娘である。

そこで、タルジュの母に相談し、ドレスを借りることになったのだ。

王太子のためならと、快く引き受けてくれ、タルジュの母によってトゥトゥはコルセットとクリノリンをなんとか装着できた。

ただ、タルジュの母のドレスは、当たり前だが若い女性が着る意匠ではない。

そこで、シュティ・メイの花が枯れないことを利用して、トゥトゥはシンプルなドレスに生花を縫い付けることにした。縫い目を誤魔化すため、精いっぱい、盛る。

表立って動けないタルジュたちの代わりに、ユオが、どうやって手に入れたのか、王家専属のボーイの服を持ってきた。またどこかのツテを頼ったのかもしれない。

そして当日。イリクサールは一目で王子だとわからないように、長い髪をバッサリと肩まで切った。トゥトゥもタルジュの母から化粧品を借り、フルメイクした。

「誰が見ても、舞踏会を彩る優雅な花です」

お世辞上手な王子様は、頬を赤らめトゥトゥを褒めてくれた。トゥトゥはその言葉と、どれだけ体重をかけてもビクリともしない、タルジュのエスコートに鼓舞された。

コーネリアやシュティ・メイが作戦通り自分の持ち場へ向かう中、下宿屋で留守番係だったヨツバは、頑なにトゥトゥのそばを離れなかった。あきらめたトゥトゥは、ヨツバをイリクサールと共にドレスの中に押し込むと、気合いを入れて馬車に乗り込んだ。

そして、ノーヴァ伯爵家から馬車が出発したのだった。

＊＊＊

「よかったね」

トゥトゥは隣にいるタルジュにだけ聞こえるような声でつぶやくと、ポンと腕を叩いた。タルジュは多少の切り傷こそ負っているものの、しっかりと立ったまま、イリクサールの勇姿を見届けていた。

タルジュはトゥトゥを振り返ると、下手くそな笑みを浮かべた。この人も、嬉しいと笑うのかとトゥトゥはおかしくなった。

窓から見える虹は、先ほどの乱闘の間に、海水を高く飛ばしてコーネリアが作り上げたものだ。

また、波を高く打ち上げて水しぶきを演出したのも、もちろん彼女だ。おかげで幻想的な景色になっている。

天使は言わずもがなシュティ・メイである。ある程度上空まで上ったら、迷子にならないようにこっそり帰っておきなと言っておいたけれど、大丈夫だろうか。シュティ・メイを初めて一人で外に出したため、トゥトゥは母親のように心配していた。

観衆たちは、イリクサールを取り囲み「新陛下！」と大喜びだ。

「なんとかなって、本当によかった」

心の底から、トゥトゥはしみじみと思った。

貴族への挨拶(あいさつ)回りも緊張したが、やはり一番手に汗を握ったのは、イリクサールをドレスからテーブルクロスの中に移す時だった。人の話を聞くふりをしながら、イリクサールがドレスから抜け出しやすいようにテーブルに近づき、そっと後ろの裾(すそ)を持ち上げた。ドレスの裾(すそ)が揺れないか、トゥトゥはずっと緊張しっぱなしだった。

ほっとしているトゥトゥの後ろから、ひときわ大きな拍手の音がした。

——パチパチパチ
トゥトゥの隣で、タルジュが体を硬直させる。つられて、トゥトゥもタルジュの視線を追う。

そこには、ユオがいた。

しかし、拍手をしているのはユオではない。ユオの隣で、彼が支えている痩身の男性だ。

「え、誰？」

いつの間にか頭を下げていたタルジュに、トゥトゥがこそっと耳打ちをする。彼は下げた頭をそのままに、目を見開いてトゥトゥの頭を押さえつけた。花飾りがくしゃっと潰れる。

「馬鹿者！　現陛下だ！」

えっ！　トゥトゥは慌てて頭を下げた。両手で口元を覆う。

トゥトゥが驚いていたのは、王が来たことではない。病床に臥しているとはいえ、未だ健在だ。それよりも、その王のそばに当たり前のようにユオが立っていることに驚いたのだ。

タルジュがトゥトゥの頭を押さえる手の力を緩めて、背を小さく叩いた。恐るおそる顔を上げてみると、王が手ぶりで顔を上げるように促しているようだった。

トゥトゥは、意を決して見た。

――王の、頭頂部を。

そして、トゥトゥは悟った。

『年寄りの頭皮を活性化させる薬は作れんのか？』

『昔のツテを辿って毛生え薬を売ってきたのよ。顔を出したら、幽霊だと腰を抜かされたがな』

――桁外れに金払いのいい客が、誰なのかを。

トゥトゥは、まさかそんなことをタルジュに言えるはずもなく、生まれたての小鹿のようにブルブルと震えていた。

そんなトゥトゥを見つけたユオが、いつもの余裕の笑みを浮かべてこちらを見ている。

王の訪れに気づいた人々は、静まり返っていた。

イリクサールを、「新陛下」と呼んだものたちは、その不敬に気づき、身を引いて王のために道を作った。ユオの支えを外し、一人で歩く王は、誰も口を挟めないほどに堂々としていた。

王の通り道に、尻餅をついたままの王弟がいた。王は彼を見下ろすと、手をサッと横に振った。

王の後ろから追従してきた衛兵が、すぐさま王弟を捕らえた。王弟は、抵抗一つしない。神の奇跡を前に、放心していたのかもしれない。連れ去られる背には豪奢なマント。それがかえって、憐れさを誘った。

王弟の姿が会場から消えると、王はイリクサールに向かって、再び歩みを進めた。

イリクサールは、王が辿り着くのを真剣な顔で待ち続けた。両手を伸ばした王が、イリクサールまであと数歩というところで、体のバランスを崩す。

イリクサールは慌てて駆け寄り、王の胸元に飛び込んで、倒れ込む体を支えた。その体が、彼の記憶とはよほど違ったのだろう。イリクサールは、くしゃりと泣きそうな顔で微笑んだ。

「……お痩せに、なりましたね」

「そんなことはよい。よく無事で……よく、帰った」

王は、力強くイリクサールを抱きしめた。イリクサールも、自らの健在を示すかのように、強く、強く抱きしめ返した。

「さて、気が済んだか？」

いつの間に隣に来ていたのか、ユオの声がすぐそばで聞こえ、イリクサールたちを見て涙目になっていたトゥトゥは、飛び上がりそうになった。

タルジュはトゥトゥとユオをまっすぐ見て言った。

「此度(こたび)の貴殿らの尽力、誠に感謝する。この礼は、後日必ず――」

落とした声には、抑えきれない喜びがにじんでいる。

「宿泊費も合わせて、ガッポリお礼を期待してるわ。どうぞ、行ってきて」

トゥトゥの返事に、タルジュは口の端を上げて頷くと、イリクサールへ向けて駆け出した。

本当は、いの一番に駆け寄りたかっただろう。王と王子は、笑顔でタルジュを迎えた。

「さあ、帰るか」

ユオが腕を出す。彼はまた、貴族のような格好をしていた。大きなつばのある黒い帽子が、よく似合っている。

トゥトゥは笑ってユオの腕を取った。二人とも、貴族でもなんでもないのに、まるで本当の貴族になったようでおかしかった。

イリクサールがいなくなった足元は、随分と歩きやすくなった。ほんのりと、騒ぎの後の寂しさを感じていると、テーブルの料理をつまみ食いしていたヨツバがすり寄ってきた。

「ヨツバも、よく戦ったね」

トゥトゥはにこりと微笑むと、歩き出した。

「――待って！　待ってちょうだい！」

背後から女性の声が聞こえ、振り返ったトゥトゥは目を丸くした。

大勢の淑女たちが、スカートの裾を持ち上げて走ってくるではないか！

「そこのあなた！　そのドレス——仕立てはどこで⁉」

「そんなドレス見たことないわ！　もう少し詳しく見せてちょうだい——」

「今はそれどころじゃないだろう！」という夫や父親の制止を振り切って、淑女たちは勢いよく問いかけてくる。

びっくりしたヨツバが、トゥトゥのスカートの中に潜り込んだ。あの淑女の波に、心底怯えているらしい。

トゥトゥはユオと顔を見合わせると、思いっきり笑って——大急ぎで逃げ出した。

エピローグ

鍋からぐつぐつと音が聞こえてくる。蒸気がいっぱいに広がった下宿屋の炊事場は、冬だというのにあまり寒さを感じない。

鍋に浮かぶ灰汁を、トゥトゥは丁寧に杓子で掬う。

その隣に、ユオが並んで立っていた。

「っていうか、王様にコネがあったんなら、もっと簡単にどうにかできたんじゃないの!?」

「そんなことをして、何が面白いというのだ」

ユオはいつものように「ははは」と笑う。灰汁を取り終えたトゥトゥは、大根をまな板の上にのせ、力任せに包丁で分断した。

今日の料理は、近所でも評判のウスターソースを使ったおでんもどき。前世で食べたおでんとは風味は異なるが、こちらの世界にある調味料で、味を調整する、トゥトゥ得意の一品でもあった。

「おぬしの死に物狂いの奮闘、中々よかったぞ。冬眠する前の虫けらのような歩み！」

つみれを作るために、下茹でしたイワシをすり鉢で潰していたユオが、手を止めて笑い出した。

その頭には、折り忘れたのであろう無精角がある。

トゥトゥは、包丁を握りしめ額に青筋を浮かべる。

「わかってると思うけど、血はナシだからね！　あんなに頑張ったのに……もうっ、ユオのバカ！」

本当ならあんな大変な計画は必要なかったのに、とトゥトゥは呆れてものも言えない。

「はっはっは、楽しみは先にとっておくのもよい」

「先も何も、もう二度とないから！」

大人げなく、いーっと歯をむき出しにして怒ってしまうのは、ユオ相手だからだろう。

祖母から頼まれたから、トゥトゥの面倒を見てくれていた。そう知ってしまったのに、ユオはトゥトゥにとって、やはり一番頼りになる人だった。一年間トゥトゥを一番近くで支え続けてきてくれたのは、彼に他ならない。

「大体ユオは――」

「だから、なんであんたにそんなこと言われなきゃいけないのよ！　話せるようになったからって、なんて失礼なやつなの！」

さらに文句を続けようとしたトゥトゥのもとに、庭にいるコーネリアの声が届いた。

彼女は、いつまでたっても、シュティ・メイに対してこの調子だ。

「ちょっと、何よ、や、やる気なの……い、いいわよ……かかって、にぎゃあああ！」

コーネリアの悲鳴と、彼女の大声に驚いた鶏（にわとり）が、バサバサバサと羽（は）ばたく音がする。

「ついてた」

「か、髪に何かついてたなら、口で言えばいいでしょ⁉　え、何……まさか、いやああ見せないで馬鹿じゃないの！　緑のにょろなんていらないわよ！」

シュティ・メイはほとんどしゃべっていないが、代わりにコーネリアが全てを語ってくれた。

彼らの日常茶飯事（にちじょうさはんじ）の小競り合いにほのぼのとしながら、出汁（だし）を取った後の昆布を刻む。ここに来たばかりの頃は、二人の喧嘩に肝（きも）を冷やしてばかりいたのに。トゥトゥの頬が緩（ゆる）む。

「青虫が出るなんて、もう春だねえ」

「そうさなぁ。ときに、屋号とやらは決まったのか？」

トゥトゥがずっと、この下宿屋の名前に悩んでいたことを知っていたユオが、思い出したように尋ねた。

「うーん、考えてたんだけどね、やっぱりこれしかないかなって思って……」

屋号と聞いた時に、ポッと浮かんだ名前は一つだった。

あまりにもそのままかなと保留していたが、その後いつまでたっても他にしっくりくるものが浮かばない。もうすぐここに来て一年が経つし、いい機会だからともう決めようと思っている。

「お隣の息子さんが鍛冶屋に勤めてるっていうから、今度看板を作ってもらおうと思ってるんだよね。屋号は――」

「めう、めううっ！」

トゥトゥが屋号を告げようとした時、庭からヨツバが嬉しそうに走ってきた。ぽてぽてした足でトゥトゥの前に立つと「ぷすんっ」と鼻を鳴らして得意げな顔をしている。

トゥトゥは笑ってヨツバが口に咥（くわ）えているものを受け取った。トカゲだ。すでにもう息はない。

「でかしたヨツバ！　干すわよ！」

シャンプーの材料に使えるかもしれない。

トゥトゥは誰に卸しているのか、知らなかったふりをして、現在も鋭意改良に努めている。

「ちょっと干してくるから！　その間さぼんないでイワシ、すっててよね！」

トゥトゥはユオにそう言うと、パタパタと炊事場から出ていった。彼女の後ろ姿に向け、ユオは呆れたようにつぶやく。

「やれやれ。女ならば、悲鳴の一つでも上げてはどうだ」

そう思うだろう？　とユオに声をかけられたのは、彼の足元に座り、四つ股の尻尾をふりふりと振っているヨツバだった。きょとんと首を傾げる。

ユオがヨツバに手を伸ばすと、ヨツバは恐縮しつつもユオの手のひらに前足を置く。ユオに許しを得てからというもの――彼の姿を見るだけで倒れてしまうことはなくなった。

「世界広しといえ、魔界の王にイワシをすっていろなどと命じる女がいるとはなあ」

大きくなったヨツバの体を片手で軽々と持ち上げ、笑いながらユオは自らの肩に乗せる。ヨツバは顔面を引き攣らせている。世界は違うとはいえ、自らが属する魔族のヒエラルキーの頂点に君臨する男の肩に乗っているのである。緊張するヨツバの頭を、ユオが大きな手で撫でた。

「俺を恐れて平伏すものしかいないあちらの世界に比べ――物怖じせず突っかかってきて、当たり前のように甘えようとするあの娘が、憐れで面白いのかもしれんなあ」

ユオは取引をもちかけてきたときのトゥトゥを思い出し、ふっと笑う。

「あやつの信じ込んでいるキュウケツキとやらではないのだと言うたら、どうするのであろうなあ」

それもまた一興、一興。屈託ない顔で笑うユオを、ヨツバが心配そうに覗(のぞ)き込む。

「なんだおぬし。王である俺よりも、孫娘の心配か？」

ビクンと震えたヨツバが、小さく「めうう」と鳴いた。

「なあ、四つ足。愛でるものがいるというのは、なんとも不思議な心地にさせるものだ」

ヨツバに語りかけるユオの耳に、小さな足音が聞こえた。トゥトゥが戻ってきたのだろう。肩からヨツバを下ろすと、内緒話でもするかのような小声でユオがつぶやいた。

「――取引なんぞ持ちかけんでも、ちいとばかし『お願い助けて』とでも甘えておれば……助けてやったものを」

なあ、と語りかけるユオに、ヨツバが耳をぴょんと立てた時、トゥトゥが炊事場に着いた。そして、ヨツバにくっつくほど顔を寄せているユオを見て、トゥトゥは驚く。

「……ユオ、どうしたの？」

「どうした、とは？」

聞き返したユオに、「だって」とトゥトゥは続けた。

「なんだかすごく……嬉しそうに笑ってたから」

虚を衝(つ)かれたユオは、いつもより愉快そうに「ははは」と笑った。

＊＊＊

巷の噂を聞く限りでは、王弟は死罪を免れたようだった。

しかし身分剥奪の上、生涯幽閉されるらしい。それ以上の詳しいことは、一般市民でしかないトゥトゥのもとには届かない。

あの舞踏会での出来事は、民の間にも広く伝わっていた。なんでも、虹を渡り天使を率いて王子が帰ってきた――とか。

近々、舞踏会での出来事が戯曲になるらしい。井戸端でその噂を聞いた時には、トゥトゥは驚きすぎて顎が外れそうになってしまった。

平和な噂が好き勝手飛び交うのは、治世が安定しているからだろう。

イリクサールが無事に戻ったことで、王は元気を取り戻したという。世代交代にはまだ早いようだ。

王の快気を願うための大聖堂のオルガン演奏は、止んでしまった。たまにシュティ・メイと聴きに行っていたため、彼は少しだけ寂しがっているようだ。

コーネリアは、自分が「助けてあげたら？」と言ったくせに、国の行く末には興味がなかったらしい。ただ、舞踏会場から下宿屋に帰ってきたトゥトゥのドレス姿を見て、大層喜んでくれた。

「別れ際に宿泊代金くれるって言ってたのになぁ……忘れられてるのかなあ」

あれから、イリクサールたちが忙しいのは、いくらトゥトゥでもわかっていた。急かしたくはないが、命の危機がなくなったのなら、そろそろ正当な報酬が欲しいと思ってもバチは当たるまい。

「あーあ、伯爵家にお邪魔した時に立て替えてもらっておけば……！」

後悔先に立たずとはこのことだ。あの時は、歩き方やらドレスやらでバタバタしてて、完全に忘れていた。

「もうすぐ花も咲き始めるし――リースも作ろうかなあ。ユオ、シャンプーと一緒に売ってきてくれるでしょ？」

そういえば、お得意様の娘さんたちに人気があったって聞いたけど、まさかその娘って――いやいや。トゥトゥは考えるのを止めた。

「やれやれ、本当に人使いの荒いやつだ」

イワシのすり身に、ゴマやネギを足したものを練りながら、ユオがため息をこぼす。

「あら。おばあちゃんに似てて、尽くしたくなるいい女でしょ？」

ユオが炊事場によくいる理由が、味見のためだけではないんじゃないかと、ふとトゥトゥは思った。

台所仕事は、意外と力仕事が多い。高齢になってきた祖母の手伝いをするために、祖母の周りをうろちょろしていたのではないか――とトゥトゥは想像した。

この下宿屋に来る前。トゥトゥは、祖母は孤独のうちに没してしまったのではないかと心を痛めていた。けれど、今はそうじゃなかったのだと確信している。

きっと、素直じゃない個性豊かな下宿人たちに見守られながら、安らかに逝ったのだろう。

「まさにその通りだ」

ユオが、ははは、と笑う。近づく春を思わせるような、美しい笑みで。

――コンコンッ
トゥトゥが思わず見惚れていると、玄関のドアノッカーが鳴った。

何やら外が随分と騒がしい。どうやらかなりの人が周辺に集まっているようだ。

トゥトゥが包丁を置き、エプロンで手を拭いていると、馬の嘶きが聞こえた。馬車に乗って、この下宿屋を訪れる人なんて――心当たりはそう多くない。

トゥトゥはユオを見た。ユオは興味がなさそうにイワシを練っている。

思ったよりも早く宿泊代金を回収できそうだ。それから、鍵も返してもらわないといけない。彼らは今度から、きちんと玄関からやってくればいいんだから。

それから、皆にも大好評のおでんを食べてもらおう。あの時、鍋を食べられなかったから。おでんの残りで、またうどんを作ってもいい。

トゥトゥは玄関に向かうと、笑顔で扉を開ける。

――チリンチリンと、扉につけたカウベルが鳴った。

「いらっしゃい――ようこそ、下宿屋〝異世界の扉〟へ！」

RC
Regina COMICS
大好評発売中!!
えっ? 平凡ですよ??
漫画 不二原理夏
Rika Fujiwara
原作 月雪はな
Hana Tsukiyuki
1〜3
ほのぼのファンタジー
待望のコミカライズ!
交通事故で命を落とした、女子高生のゆかり。目を覚ますと、異世界に伯爵令嬢として転生していた！　なのに、待っていたのはまさかの貧乏生活……。第二の人生を豊かにすべく、元女子高生は前世の知識をフル活用する!!
＊B6判
＊各定価：本体680円＋税
シリーズ累計
16万部突破！
アルファポリス 漫画
検索

六つ花えいこ（むつはな えいこ）
九州在住。2013年頃よりWEB小説を投稿しはじめる。2015年、『泣き虫ポチ』にて出版デビュー。文、絵、手芸、小物づくりなど、手広く緩く満喫中。

イラスト：雨壱絵穹
http://gennyuubako.web.fc2.com/

異世界大家さんの下宿屋事情

六つ花えいこ（むつはな えいこ）

2016年9月5日初版発行

編集－福光春菜・宮田可南子
編集長－塙綾子
発行者－梶本雄介
発行所－株式会社アルファポリス
〒150-6005東京都渋谷区恵比寿4-20-3恵比寿ｶﾞｰﾃﾞﾝﾌﾟﾚｲｽﾀﾜｰ5階
TEL 03-6277-1601（営業） 03-6277-1602（編集）
URL http://www.alphapolis.co.jp/
発売元－株式会社星雲社
〒112-0005 東京都文京区水道1-3-30
TEL 03-3868-3275
装丁・本文イラスト－雨壱絵穹
装丁デザイン－ansyyqdesign
印刷－中央精版印刷株式会社

価格はカバーに表示されてあります。
落丁乱丁の場合はアルファポリスまでご連絡ください。
送料は小社負担でお取り替えします。

ISBN978-4-434-22352-5 C0093